Micronouvelles de Chine

Du pinceau à la tablette

Recueil de nouvelles
ouvrage collectif
2021-2022

Réalisé dans le cadre de l'atelier d'écriture
d'« Atlantique Nantes Chine »

Micronouvelles
de Chine

Édition : BoD – Books on Demand, info@bod.fr
Impression : BoD – Books on Demand,
In de Tarpen 42, Norderstedt (Allemagne)
Impression à la demande
ISBN : 978-2-3224-4104-4
Dépôt légal : août 2022

Sommaire

Préface

Charlotte Dollinger
Présidente d'Atlantique Nantes Chine

Présente à Nantes depuis plus de trente ans l'association Atlantique Nantes Chine réunit tous ceux et celles qui s'intéressent à la Chine, au peuple chinois et aux communautés chinoises dans le monde.

Elle propose des activités culturelles variées : cours de chinois, calligraphie, peinture, cuisine, ainsi que des conférences et depuis cette année un atelier d'écriture dont sont issues les courtes nouvelles présentées dans ce recueil.

En Chine, la pratique séculaire de la micronouvelle a bénéficié d'un intérêt croissant depuis la fin de la révolution culturelle. L'un de ses charmes tient à son rythme particulier. La micronouvelle parvient non seulement à nous raconter une histoire d'une incroyable densité, mais aussi à glisser dans ce cadre-temps réduit, une observation de la société ou de faits divers, enveloppée d'une pointe d'humour !

À Nantes un après-midi par mois, se tient l'atelier d'écriture de micronouvelles chinoises « Du pinceau à la tablette… ». Au sein du groupe, les participants se sont initiés à ce type d'écriture.

En quelques pages, avec très peu de personnages ils ont construit des histoires en relation avec ce qu'ils perçoivent de la Chine ou de leurs relations avec les Chinois. Ils se sont librement réapproprié l'idée attendue des micronouvelles en Chine.

Souvent, ils ont su trouver une chute la plus inattendue possible. La nouvelle a pu aussi bien se situer en Chine que dans le quartier du Bouffay, lieu d'implantation historique des arrivants chinois à Nantes.

Parallèlement ces textes sont illustrés par quelques peintures réalisées par des adhérents d'Atlantique Nantes Chine.

Puisse cette première sélection de leurs œuvres vous offrir de courtes pauses récréatives, voire vous donner à vous aussi l'envie d'écrire et de rejoindre l'atelier !

Prologue

Alain Labat (*)
Président de la FAFC
(Fédération des Associations Franco-Chinoises)

À L'OUEST DU NOUVEAU !

D'une manière générale, les nouvelles sont mauvaises et, de nos jours, même les hérauts de la Bonne Nouvelle prêchent souvent dans le désert... Sinon la pomme de terre et le Beaujolais, que reste-t-il de vraiment nouveau ? Les nouvelles ne sont pas seulement mauvaises, elles sont trop longues. – en soi une bonne nouvelle pour le système médiatique qui en fait ses choux gras -. Comment échapper à la logorrhée et au babil ininterrompus des chaînes dites d'information en continu, pareilles à la Tour sans Fins de Jean Nouvel ? Les mauvaises nouvelles ont des ailes, disait la sagesse populaire, les bonnes ont à présent du plomb dans l'aile.

Mais il est un moyen de s'abstraire de ce calamiteux contexte : se plonger avec délices dans les courtes nouvelles, dont les héros sont Yveline, Daniel, Claudine, Christian et Bernard. Elles concernent la Chine qui, à la différence de l'Aquitaine, la Calédonie ou la Zélande, n'est pas nouvelle.

Elles sont à la littérature ce que les nanotechnologies sont à la science, le bonzaï au baobab et le haïku japonais à la phrase proustienne.

S'il les avait lues, nul doute que Boileau en eût été inspiré : « ce qui se conçoit bien s'énonce brièvement ».

(*)   Alain Labat, Professeur agrégé de chinois, est aussi vice-président du Nouvel Institut franco-chinois de Lyon.

Le Marché

Si le « marché chinois » évoque aux économistes de tous pays un potentiel de plus de 1,5 Md de consommateurs, et les « routes de la soie », il importe de retrouver ses origines au cœur même du quotidien de l'Empire du Milieu. Ancrés dans une tradition pluriséculaire, les marchés chinois sont le théâtre de négociations et d'échanges.

Dans les nouvelles à suivre, il s'agira de marchés alimentaires pleins de petits commerces et grouillants de vie. Ces marchés sont aussi des lieux de rencontres de toutes sortes.

AU MARCHÉ, DÉCEMBRE 1941

Yveline Canal

J'ai 20 ans, je suis arrivée l'an dernier de ma Bretagne natale. Comme toutes celles qui m'ont précédée, je suis la petite serveuse de la brasserie du marché. Peu d'argent et peu de distractions. Le travail est dur, les patrons exigeants, les horaires mal définis, pas de place pour rêver ! Le matin avant le grand déballage sur le marché, je dois être là, nettoyant la terrasse dans le froid et l'humidité poisseuse de Paris. Rien à voir avec la petite pluie de ma Bretagne. Mais bon ! C'est Paris ! Bien sûr les Allemands sont là, mais après la panique des premiers mois, tout s'est régularisé, ils sont polis et font marcher le commerce. Ce ne sont pas les petits Chinois du marché qui vous diront le contraire. Tiens ! Justement les voilà! Ils viennent prendre le café du matin. Quand ils ont déballé leurs marchandises sur de petits étals, des poteries, des tissus, de la mercerie et même du riz, ils se rassemblent sur ma terrasse sans perdre de vue leurs précieuses marchandises. Ils parlent en chinois, mais ils me font rire quand ils s'expriment en français : « mademoiselle jolie ! ».

Sur le marché, on crie on s'interpelle, les retardataires gesticulent et crient devant le placier qui leur attribue l'emplacement. Les manutentionnaires poussent, tirent les baladeuses, petites charrettes à bras encombrées des derniers colis de marchandises. Vite ! Les premiers acheteurs sont déjà en repérage sous les halles. Ce sont souvent les restaurateurs ou les cuisiniers des grandes maisons, maintenant résidences des Allemands. Les Juifs sont partis. En France on les oblige à porter une étoile jaune et ils ont interdiction de faire du commerce. Je ne sais pas où ils sont, mais leur emplacement a été donné à d'autres commerçants.

Le marché commence à bruisser, les marchands haranguent les chalands, à grands cris. Mais tout est cher et les gens y regardent à deux fois avant de se faire servir. Noël sera dur pour certains !

Mon amoureux me fait signe, pour prendre la commande. Il est beau, athlétique, cheveux noir corbeau, ses yeux brillent sous la fente de ses paupières. Il discute avec ses compatriotes, mais il me semble que le ton monte, ils sont en colère. Ils se précipitent sur les étals et cassent bols vases, assiettes, les kimonos sont déchirés. Dans le même élan ils se précipitent vers la devanture du brocanteur qui expose un magnifique vase japonais. L'objet finit en miettes parmi les déchets des légumes.

Mon amoureux revient vers moi : « Ces chiens de Japonais emprisonnent mon pays depuis longtemps, c'est fini nous allons nous révolter, la Chine vient de rejoindre les Alliés !!! ».

LE CAFÉ DU MARCHÉ

Claudine Ricaud

Ce matin très tôt ses pas l'avaient conduite au marché écrasé par l'ombre d'un des multiples chantiers de la ville.

Elle y aimait l'agitation colorée et bruyante, l'enveloppant de couleurs vives et senteurs variées que dominait parfois l'odeur de fruits mûrs et de poisson séché qu'elle adorait.

Alors qu'elle marchait elle aperçut ce petit café ouvert et décida de s'y reposer quelques instants.

En y entrant tête baissée, elle bouscula malencontreusement un client chargé de sacs. Dans l'agitation qui régnait elle se sentait mal à l'aise et ce ne fut qu'une fois assise, qu'elle jeta enfin un regard alentour. La décoration vieillie témoignait du passé festif, mais révolu, des lieux que confirmait le panneau « À vendre ».

Après avoir commandé à un serveur tout de noir vêtu, elle repensa encore à son arrivée le mois dernier dans cette ville. Les recherches engagées restaient vaines et lui faisaient désespérer qu'elles aboutissent un jour. La perte de son téléphone ajoutait à son découragement. Elle n'aurait bientôt plus d'argent et devrait se résoudre alors à retourner dans son village.

Elle resta ainsi longtemps songeant à lui et aux théâtres d'ombre qu'ils aimaient tant, elle repensa aussi aux saveurs de ses plats qu'il lui cuisinait. Son départ pour chercher du travail dans un restaurant loin du village présageait de jours moins difficiles. Mais l'adresse mentionnée pour le rejoindre n'existait plus. Elle avait trouvé à la place ces grands immeubles en construction à côté de ce frêle marché dont il avait tant parlé dans ses messages.

Elle ressortit de son sac la liste des restaurants du quartier mais l'espoir de le retrouver enfin lui sembla nul. Le visage à demi dans l'obscurité, enfermée dans une torpeur que semble-t-il rien ne pourrait troubler, elle cacha son visage dans ses mains, tout entière en elle-même.

Il ne pensait pas qu'il faisait si chaud ce matin. Les courses au marché l'avaient épuisé et il regrettait maintenant cette sortie matinale. Arrivé au café il se fit bousculer alors qu'il cherchait des yeux une place libre dans le fond de la salle. Le bar était bondé, mais le café servi par un vieil homme habillé en noir lui fit du bien instantanément.

Les silhouettes en contre-jour des clients assis devant lui découpaient des profils sombres. Ils lui rappelèrent les théâtres d'ombre de son village et le souvenir de cette femme avec qui il avait forgé mille projets d'avenir.

Des éclats de voix le sortirent brusquement de sa rêverie. En effet les quelques habitués du bar parlaient haut et fort à l'annonce de la vente prochaine du café.

Puis il se mit à penser à ses compagnons de dortoir. Depuis qu'ils avaient été expulsés de leurs logements maintenant détruits pour y construire ces immeubles, ils se retrouvaient tous à loger dans l'arrière-salle du restaurant où ils travaillaient .

Il était parti faire les courses ce matin, heureux par avance du plaisir qu'il aurait à leur cuisiner une de ses recettes qu'ils adoraient, tout comme elle il y a longtemps.

Lorsqu'il eut fini son café il sortit rapidement pour préparer son repas. Cet entrain dissimulait pourtant sa tristesse. Il avait tant espéré qu'elle le rejoigne ici mais elle ne connaissait que son ancienne adresse et lui n'arrivait plus à la joindre sur son téléphone.

Et lorsqu'il traversa la salle pour sortir il regarda furtivement cette femme sans visage. Peut-être pensait-elle aussi à quelqu'un, avait-elle dû le quitter pour venir chercher du travail ici?

Il sortit en espérant sans trop y croire qu'un jour, ils puissent à nouveau être réunis .

Elle laissa glisser ses mains de son visage et décida de retourner dès aujourd'hui dans son village où peut-être il reviendra un jour.

LA VENGEANCE DES CONDAMNÉS

Bernard Conseil

L'année du cochon allait se terminer dans cette ville centrale de la Chine. Il faisait encore nuit.

- C'est insupportable, ce matin je me retrouve derrière les barreaux, alors qu'hier je vaquais en liberté dans mon domaine avec mes comparses.
- Moi, trop appâté par le gain, je me suis retrouvé pris au piège.
- Quant à moi, je me dorais au soleil, quand je me suis fait cueillir.
- En tout cas, on n'est pas les seuls, constate un quatrième. Regardez ceux-là, ils sont derrière une vitre et on n'entend pas ce qu'ils se disent !

Soudain, ils voient un homme arriver avec une épuisette et capturer un poisson dans l'aquarium. Ce dernier se débat, puis finit par se calmer.

- C'est horrible, il l'a tué, mais pourquoi ?

C'est alors qu'intervient une poule, elle aussi en cage.

- Oui, c'est comme dans la nature. Il y a des animaux, tel le tigre, qui vous mangent, alors que d'autres comme toi mangent des bananes. Les hommes c'est pareil, ils mangent des animaux.
- T'es sûr de ce que tu avances ?
- Bien sûr, je l'ai vu à la ferme où je vivais avant d'être emportée à ce marché. Seulement, les hommes ne mangent pas les animaux crus (sauf les huîtres à Paris pour Noël et le jour de l'An). Ils les font cuire ou griller, et quand ils sont trop gros comme toi par exemple, ils les découpent en morceaux comme dans ce marché.
- Mais c'est horrible, s'exclame le singe. Nous allons tous mourir et finir cuisinés. J'aurais préféré être dévoré par un tigre, cela aurait été rapide. L'attente est un supplice interminable.

Un autre animal sauvage encagé réagit.

- Toi la poule, tu parles de ferme, c'est quoi ?
- C'est un endroit où l'homme nourrit des animaux, soit pour les manger, soit pour les faire travailler, comme Niu, mon ami le buffle qui arpente à longueur de journée les rizières. Les hommes ne mangent pas que des animaux, ils se nourrissent aussi de céréales, de légumes, de fruits...
- Ils sont omnivores comme moi, commente un cochon, mais moi je ne tue pas !
- Ils font comme les fourmis qui élèvent des pucerons, commente un fin connaisseur de la nature.

Un autre ajoute sur le ton de la colère :

- C'est un scandale, ils ne se contentent pas seulement de leurs animaux d'élevage, ils s'en prennent aussi à nous qui vivons en liberté dans la nature.
- Les hommes envahissent tous nos territoires, ils coupent des arbres, défrichent et pire, creusent de grands trous pour aller chercher je ne sais quoi dans le sol.
- Et même, renchérit un autre, ils nous amènent des maladies.
- T'en es bien certain, ou t'exagères pour enfoncer nos ennemis ?
- Oui, oui, je l'ai entendu sur nos réseaux sociaux. Et peut-être même que nous, on pourrait se venger et leur refiler nos maladies.

Puis après un moment, il ajoute à l'adresse de son voisin :

- Et toi, le pangolin, t'en penses quoi ?

La Nature est ton Maître

D'un côté, la Chine est perçue en Occident au travers de sa démesure dans l'exploitation de ses ressources naturelles et pour ses grands travaux à fort impact environnemental. Le barrage des Trois Gorges en est un exemple.

D'un autre côté, la doctrine confucéenne et l'émergence de valeurs écologiques devenue par la force des choses plus soucieuse des ressources naturelles, incite à un plus grand respect de la nature dans laquelle vit l'homme.

LA FIN INATTENDUE D'UN RÉGIME

Yveline Canal

J'ai encore passé un mois sur ma montagne au-dessus de la rivière Li. La solitude est mon amie et me permet de plonger dans mon art. Je peins inlassablement les paysages de cette rivière. De bonne heure le matin jusqu'à tard le soir, les clapotis de l'eau et le vent dans les feuilles me tiennent compagnie. Je laisse la journée aux bateliers et aux chapelets de radeaux, promenant des touristes blasés qui se prélassent sur les transats. J'ai fait le plein d'images qu'il me restera à affiner avant de les vendre sur le marché de Guilin.

Déambulant dans les allées, j'ai croisé son regard larmoyant et résigné, petit ragondin aux poils longs et brillants. Il se balançait dans une cage au-dessus de ses congénères déjà dépecés. Depuis ce jour je me suis juré que plus jamais je ne mangerai de viande. Les légumes en Chine, ce n'est pas ce qui manque : les choux, les racines, les tubercules. Vraiment on peut facilement se passer de viande. Et puis on peut toujours se rabattre sur les œufs et les poissons. Ce régime me convient bien, j'ai même perdu un peu de mon embonpoint. Aujourd'hui je vais manger dans un *Sea-food* à Shanghai. Mon ami m'attend à une table près de la fenêtre. Le serveur vient nous demander de le suivre jusqu'aux bassins afin de choisir nos plats. À petits pas et à grands gestes des mains il nous vante les différents modes de préparation pour chaque poisson ou crustacé : les crevettes ivres cuites dans l'alcool, la dorade saisie sur les braises, le turbot au four, les anguilles frites, le carpaccio de langouste, les crabes au vert de poireaux...

Dans le dernier bassin, de gros crapauds s'entassent sous un épais grillage de plastique. Celui qui était tout en haut de la pyramide me lance un regard chargé de reproches. Sans attendre la fin du discours du serveur et surtout sans me prononcer sur quelque commande, je sors blême de honte. Mon ami me suit après avoir glissé quelques billets dans la main du serveur goguenard.

Non, plus jamais de poisson, et pour aujourd'hui, ce sera des nouilles sautées et un plat de légumes verts. Les œufs me font encore envie. Le soir les omelettes, le matin les œufs durs arrivent à me sustenter. Ce soir à Hong-Kong un de mes clients me fait découvrir les œufs couvés !

Non ! Plus jamais !

Il n'y aura plus que légumes, riz et féculents !

Quand je lavais les légumes, je m'étais aperçu qu'il pouvait y avoir de petits animaux, vers, pucerons, limaces, maintenant j'examine très soigneusement ce que je mange afin de ne faire de mal à nul être vivant.

Je récupère l'eau pour arroser mon jardin, j'ai renoncé à acheter les légumes au marché de peur de croiser les regards des animaux proposés à la vente.

Comme je n'ai pas de terrain autour de ma maison, j'ai demandé à la compagnie des transports ferroviaires si je pouvais cultiver, le long de la voie ferrée. Je me réjouis en voyant les premières pousses et les fruits qui commencent à se former. Les trains qui passent à grande vitesse dérangent quelque peu mes plantations. Je vois bien que celles qui sont au plus près de la voie se penchent quand le train les frôle, les feuilles ont même tendance à flétrir. J'ai bien essayé de les protéger avec des treillis de bambous, mes plantes sont épuisées, elles n'en peuvent plus. Le jour de la récolte tout semble douloureux, et si les petites carottes près des rails se laissent faire, glissant doucement de la terre vers mon panier, c'est bien différent pour les grandes, les plus éloignées des trains: elles se rebiffent préférant se déchirer ou se blesser plutôt que de se laisser déterrer.

Laissant là le panier, je cours vers mon refuge sur la montagne où pendant quelques jours je m'abandonne à la peinture.

À la fin de la semaine, je me laisse glisser le long de la paroi de la falaise, tout en demandant pardon aux brins d'herbes qui habitent sur les rochers, là où mon corps s'écrasera.

MADAME LÜÇAO ET LA NEIGE

Daniel Gorans

Madame Lüçao était toute fière de faire partie du comité de quartier du « Hutong de la petite trompette ». Cette responsabilité lui permettait d'avoir beaucoup d'informations, tant sur la vie de la cité que sur celle de ses voisins, proches ou non. Les commérages avaient toujours eu sa faveur au grand dam de son mari. Lui s'occupait de livrer les briques de charbon à deux kilomètres à la ronde. La remorque de son tricycle bien chargée, il se frayait un passage dans les ruelles tortueuses et encombrées et aidait les clients à porter leur commande dans les petites cours des modestes *shikumen* (habitations traditionnelles, quatre côtés autour d'une cour). Il travaillait beaucoup l'hiver, souvent rigoureux à Beijing. Il pouvait dans le même temps glaner des rumeurs, précieuses pour concurrencer sa femme.

Le tout début du troisième millénaire donnait lieu à beaucoup de spéculations : allait-on détruire leur *hutong* ou plutôt celui de « la Grande Trompette », quartier rival voisin ? Madame Lüçao avait entendu que les deux seraient détruits en même temps, qu'ils seraient indemnisés et des relogements proposés. Ils ne savaient pas quand débuterait le chantier et espéraient que les choses traineraient encore quelques années. Son mari avait eu vent du contraire, à savoir que seul le quartier d'à côté serait rasé… de quoi alimenter leurs disputes autour d'une tasse de thé ou d'une bonne soupe aux nouilles et à la ciboule.

Pourtant, leurs plus belles disputes concernaient l'annonce très officielle d'une future visite d'importance : celle des membres du Comité International Olympique. La ville de Beijing, parmi d'autres, avait posé sa candidature pour organiser les jeux de 2008 et le séjour de la délégation serait déterminant pour le choix à venir. La date de leur venue approchait et il convenait non seulement de leur réserver un accueil somptueux, mais aussi de leur permettre, s'ils en manifestaient le désir, de découvrir des lieux non officiellement prévus au programme. À cette fin, un éminent adjoint au maire avait fait le déplacement jusqu'au *hutong* de la Petite Trompette pour haranguer le comité de quartier. Il fallait que tout soit propre et bien rangé, que les façades soient décorées encore mieux que pour le nouvel an dont la date était proche. Pas de chien errant, pas d'odeur suspecte aux alentours des toilettes publiques, pas une trace de détritus. Il y aurait une inspection la veille de l'arrivée de la délégation, alors gare aux sanctions en cas de défaut. Le chef du comité de surveillance du quartier avait émis de sérieux doutes quant au risque de venue d'étrangers de haut rang dans ce coin de la ville. Tout soldat à la retraite qu'il fût, il s'était fait vertement rembarrer et il lui fut annoncé qu'il serait personnellement tenu pour responsable en cas de manquement aux consignes.

Il avait neigé d'abondance quelques jours auparavant et la température avait chuté bien en dessous de zéro. Cela faisait la joie des enfants et le malheur des cyclistes et piétons soucieux de ne pas déraper sur les flaques gelées. La pollution déposait des particules inesthétiques çà et là. L'aspect féerique des prestigieux sites enneigés de la capitale s'en trouvait parfois altéré. Lorsque le soleil était au zénith, la neige fondait un peu ou s'évaporait laissant apparaître de l'herbe jaunâtre, en particulier sur les plates-bandes bordant les routes. Ajouté aux traces de pollution, l'harmonie des paysages en prenait un coup. Il fallait à tout prix rendre à chaque site, chaque espace, chaque route, chaque ruelle une beauté sans tache susceptible d'impressionner favorablement la délégation du CIO.

La pression des autorités politiques sur la mairie ne cessait de croître à l'approche de la visite. Les réunions se succédaient sans relâche et, quelques jours plus tard…

Aux abords du *hutong* de la Petite Trompette, le long de la route qui le longeait, Madame Lüçao, son mari et tous leurs voisins étaient massés sur les trottoirs, prêts à agiter de petits drapeaux multicolores au passage annoncé du cortège officiel des longues voitures noires. Tout était en ordre, l'herbe des bordures bien verte et la neige bien blanche. On leur avait intimé l'ordre, comme à bien d'autres dans la capitale, de s'armer de pinceaux et de seaux de peinture verte ou blanche pour rendre à chaque centimètre carré une couleur irréprochable.

RETOUR À LA NATURE

Claudine Ricaud

Courir sans jamais se reposer. Courir, courir encore à perdre haleine. Se buter contre les rochers. Glisser. Se faire griffer par les branches basses. Courir, courir. Jamais je n'aurais imaginé vie plus stupide. Est-ce seulement une vie ?

Auparavant je descendais les douces collines, m'élançais dans les hautes futaies sans jamais me soucier que de l'instant présent : si mon ventre me rappelait ma faim ou ma soif, la nature environnante subvenait à mes besoins.

Le jours écoulés ne se reproduisent plus! Seul le temps, mobile comme moi, rythme le passage des saisons.

Courir, courir, sans jamais s'arrêter. Depuis peu des bruits assourdissants ont succédé aux bruissements que je connaissais. Tout autour tumulte, fureur, chahut infernal, me poursuivent.

Courir, courir. Je ne suis plus seul. Nous sommes nombreux à nous éloigner. Parfois dans la même direction, parfois dans des sens diamétralement opposés comme si cette nouvelle fureur dans notre environnement désordonnait jusqu'à la direction de nos pas. Je n'en peux plus. Je décide de rester là pour me reposer enfin.

J'attends. Le silence parfois. Un silence étrange. Une parenthèse entre deux bruits déchirant les airs. Soudain la terre tremble. De ma cachette je les vois enfin. Je m'approche, dévoré par la curiosité .

Je ne distingue plus rien autour de moi. Un noir opaque m'isole du monde. J'ai dû perdre connaissance et reprends maintenant mes esprits à grand peine. Il fait chaud. Pas d'eau pour me désaltérer. Je veux m'élancer. Impossible de bouger. Enfermé dans cette cage je rue, je grogne, mais rien n'y fait. Désespéré, ma colère cède la place à l'impuissance.

J'ai dû m'assoupir. Un bruit sourd répétitif me secoue maintenant en tous sens. Il s'accompagne d'un ronronnement puissant. Le sol vibre. J'ai peur.

Soudain un vacarme énorme. Des stridences d'orage jaillissent. Un sifflement s'ensuit, long et decrescendo. Puis plus rien. Je sens alors le vent, l'odeur de la forêt. Puis j'entends à nouveau des bruits familiers ici ou là. Du noir surgit un rayon de lune. La montagne que je connais se dessine, rassurante. La cage est entrouverte. Je m'extirpe et bondis enfin vers la forêt dans laquelle je m'enfonce douillettement.

Des hommes? Oui je les ai vus ce jour-là. Étendus. Immobiles sur le sol. Un éboulement de la petite falaise, tombé sur leur drôle d'engin, les a tués et m'a sauvé.

Des hommes? Oui j'en avais entendu parler depuis longtemps. Ils étaient plutôt un sujet de plaisanterie entre nous. Maladroits, malhabiles et si faciles à berner dans les hautes herbes.

Des hommes? Oui depuis peu ils étaient arrivés là où nous étions. Ils ont apporté avec eux tout pour détruire ce qu'ils ne pouvaient contrer. Arbres, rochers, rivière.

Depuis ce jour j'attends. Toute course devenue inutile. Je reste et me fonds dans ce paysage devenu plaie béante.

J'attends maintenant ici que mon vœu s'exauce. Que la nature, mon seul maître, nous ramène en son sein et que la folie des hommes se dissipe enfin.

Demain je ne serai plus là. Je sais cependant qu'à leurs gigantesques, bruyants et arrogants moyens apportés là, nous leur opposerons par ironie une invisible, silencieuse et implacable riposte qui leur fera comprendre, enfin, qui est leur maître !

J'attends. C'est imminent!

nous leur opposerons par ironie une invisible, silencieuse et implacable riposte qui leur feront comprendre

LE JARDIN DU BOUFFAY

Christian Siguié

Xiao Nan ne comptait plus les années écoulées depuis son départ de TIANJIN, contraint par la construction de logements et bureaux, accélérée depuis le début des années 1980. La petite maison qui avait abrité son enfance et son adolescence donnait sur le fleuve Hai He. Rattachée au district de Tanggu, la demeure familiale débordait cependant d'un demi *mu* sur cette ancienne friche portuaire, dont les terrains vagues d'alors allaient former la nouvelle zone de Binhai.

C'est lorsque l'ombre d'un nouvel immeuble commença à pointer puis à assombrir le porche de l'entrée principale, que toute la famille de Xiao Nan comprit que le temps était venu pour elle de se trouver un autre chez-soi. Pourquoi partir cependant, lorsque le monde entier célèbre alors l'entrée de la Chine au sein de l'Organisation Mondiale du Commerce ? Pourquoi quitter la cité de ses aïeux lorsque l'opulence y vient rimer avec l'insolence d'une fière municipalité autonome, presque blasée des vestiges d'un passé disputé que lui avaient concédés Européens et Russes un siècle plus tôt ? Pour Xiao Nan cependant, il s'agissait plutôt de savoir « où aller » : une interrogation légitime mais éphémère, tandis que son pays s'ouvrait d'un coup au reste de l'humanité…

C'est le demi-*mu* superflu qui modifia à tout jamais le destin de sa famille : il attira en effet l'offre inespérée d'un groupe financier qui entendait repousser avec une ambition affichée les limites administratives du quartier dont il assurait la promotion immobilière. Xiao Nan et ses deux sœurs, qui entendaient découvrir ce monde, que leurs manuels scolaires ne leur avaient que trop partiellement dévoilé, n'espéraient rien de mieux. Deux décennies plus tôt, leurs parents avaient eu l'intuition de leur faire apprendre des langues étrangères distinctes, dans l'espoir que leur progéniture parvienne à leur expliquer un jour pourquoi Français, Allemands et Russes étaient tour à tour venus de si loin pour tenter d'imposer une culture, dont il ne restait plus aujourd'hui que quelques expressions importées et de rares dictionnaires. La langue de Shakespeare et de Mac Donald réunis était nettement plus recherchée et les trois filles enviaient alors leurs camarades anglophones, que les chasseurs de tête occidentaux recrutaient jusque dans les discothèques et autres bars branchés du cœur de la ville.

Pour un demi-*mu* de trop, le moment était venu de partir pour la famille de Xiao Nan qui se disputait désormais tous les soirs le « *Piouiiiingtrrrrr* » retentissant d'Internet sur les modems *56 K* dont les branchements s'affichaient alors avec ostentation. Le réseau des réseaux ne permettait pas non plus les visio-conférences dont l'usage s'est répandu depuis. L'expatriation s'imposait à qui souhaitait connaître le reste d'un monde, qui se demandait en retour à quoi pouvait bien ressembler le nouvel Empire du Milieu, dont elle ne connaissait que le label « *Made in China* » ! Xiao Peng partit étudier sur l'autre rive du fleuve Amour où elle fonda sa propre famille.

Xiao Li bénéficia d'une bourse qui lui permit d'intégrer le département *Marketing Übersee* du groupe de Wolfsburg, fleuron de l'industrie automobile d'une Allemagne fraichement réunifiée. À Paris où souhaitaient l'adresser ses parents, Xiao Nan préféra la Bretagne et l'estuaire de la Loire : l'extrême Ouest du super continent que l'on aurait pu parcourir à pied, de l'Europe à l'Asie avait emporté sa curiosité ! Nantes lui rappelait son prénom et elle s'y installa… à deux pas de la vigne de Bouffay.

Avec ses jambes, mais aussi ses mains et tout son cœur, Xiao Nan entreprit à l'instar de ses sœurs de décrypter ce qui rendait son environnement aussi différent, voire hostile dans les titres de certains journaux. Amatrice du Muscadet dont elle accompagnait régulièrement les poissons et fruits de mer qu'elle ramenait du marché de Talensac, elle rêvait de ces propriétés étendues mais plus méridionales dont les noms étaient connus jusqu'en Chine. De là à s'offrir un domaine… elle entreprit donc de « cultiver son jardin », bien à elle et bien au-delà des espérances de Voltaire. Dans le centre historique de Nantes, au beau milieu d'une commune libre dont elle affectionnait la portée symbolique, cent mètres carrés étaient une bénédiction. C'est là qu'elle fit pousser tour à tour les plantes médicinales et aromatiques, dont elle parvenait le plus souvent à faire venir les graines et semis « à dos d'étudiants » venus d'Asie.

Xiao Nan riait alors de sa nouvelle vie de Nantaise d'adoption et elle se plut à penser qu'elle pourrait tout aussi bien faire sa vie dans la « cité des Ducs », dont le dynamisme s'appréciait comme en Chine, au rythme et à l'originalité de ses constructions. Le soleil montait et réchauffait cette première journée du printemps. Le cœur de Nan battait joyeusement, lorsque l'ombre d'un nouvel immeuble commença à pointer puis à assombrir le porche de son entrée principale...

LA LEÇON DU GRAND-PÈRE

Bernard Conseil

À l'occasion des vacances du Nouvel An chinois, Wang quitte Shanghai et son université pour rejoindre sa famille dans les montagnes du Wudang. Elles sont réputées pour leurs formes, ayant inspiré de nombreux peintres durant des millénaires.

Dong, le grand père, peintre et calligraphe, est installé sur la terrasse face à la montagne. Il dispose devant lui une nouvelle feuille d'un papier très fin. Le pinceau en main, avec d'amples et souples gestes, il fait pousser des montagnes et couler une rivière, le tout sous un ciel où s'épanouissent des nuages. Ensuite, avec un pinceau beaucoup plus fin et des gestes très précis, il jette un pont sur la rivière. Enfin, il complète l'ensemble avec une belle calligraphie et finalise en déposant son sceau en bas de l'œuvre.

- Grand-Père, tu peins sans même regarder la montagne. En observant ton dessin j'en ressens vraiment l'atmosphère, mais ça ne ressemble pas à ce qu'on voit d'ici.
- Mais Wang, l'objectif n'est pas de peindre ce qu'on voit, mais ce qu'on ressent !

Puis sortant un autre dessin d'une pile voisine, il interroge son petit-fils sur son ressenti.

- C'est des bambous qui poussent sur la montagne avec des nuages.
- C'est ce que tu vois, mais que ressens-tu en l'observant attentivement ?
- C'est le vent qui souffle, qui agite les bambous et effiloche les nuages.
- Bravo Wang. L'objectif est bien de faire ressentir l'invisible.

Prenant un autre dessin, il complète :

- Sur ce tableau, je n'ai pas dessiné un poussin, mais j'ai mis en lumière l'impression que donne une petite boule de duvet.
  Je te rappelle, qu'avec notre famille, nous vivons dans cette vallée au milieu de ces montagnes depuis des générations. Nous suivons l'exemple de la nature qui suit son cours sans forcer les éléments.
  Puis il ajoute : Wang, n'oublie jamais "la nature est ton maître !"

L'étudiant s'anime, voire s'énerve un peu :
- Mais Grand-Père, c'est tout l'inverse que m'enseigne l'université. J'apprends à domestiquer la nature pour qu'elle soit à notre service. J'ai ainsi visité le barrage des Trois Gorges, un remarquable ouvrage qui fournit de l'électricité à toute la région.
- Certes, mais des surfaces considérables de bonnes terres agricoles ont été noyées et des milliers de

paysans ont été chassés pour grossir la ville. Imagine que ce fût notre vallée. Tu ne serais pas ici dans la maison de tes ancêtres au milieu de la nature et de sa sagesse !

- J'apprends aussi comment augmenter les rendements des rizières avec de nouvelles variétés de semences et une gestion de l'eau améliorée.
- Mais, il pleut de moins en moins, réplique le grand-père.
- Ce n'est pas un problème, nous étudions aussi comment ensemencer les nuages avec de l'iodure d'argent pour les faire pleuvoir.
- Mais Wang, as-tu réfléchi aux conséquences géopolitiques. S'il pleut beaucoup plus sur la Chine, il pleuvra beaucoup moins sur l'Inde. Affamée, elle nous fera la guerre.
- Mais on est plus forts qu'eux !
- Tout ça c'est des sornettes ! Il faut respecter la nature et c'est pour l'avoir ignoré que Mao a causé la plus grande famine de tous les temps ! Même dans notre vallée, on mangeait les nouveaux nés !

Le grand-père explique alors à son petit-fils l'enchaînement implacable de ces tragiques évènements.

En 1958, Mao ordonna l'extermination de tous les moineaux du pays parce qu'ils picoraient les céréales aux dépens de la population majoritairement rurale. Les citoyens avaient été mobilisés pour les éradiquer. Ils avaient la consigne de faire du bruit (casseroles, tambours…) pour effrayer les oiseaux et les

37

empêcher de se poser, les forçant ainsi à voler jusqu'à ce qu'ils tombent d'épuisement. Les nids furent détruits, les œufs cassés et les oisillons massacrés. Les moineaux et autres furent exterminés, entraînant la quasi-disparition des oiseaux en Chine.

En 1960, les dirigeants chinois se rendirent compte que les moineaux ne mangeaient pas seulement les céréales, mais également une grande quantité d'insectes. Il était trop tard : en l'absence de moineaux pour les manger, les populations de criquets avaient dangereusement augmenté. Il en résulta une amplification des problèmes écologiques déjà causés par le Grand Bond en avant. Un tel déséquilibre expliqua en partie la Grande Famine chinoise.

-   Alors Grand-Père, si la nature est mon maître, il va me falloir envisager mes études sous un autre éclairage.

Départ précipité

On peut citer le départ précipité de Xie Wen, ex-président du groupe *Yahoo Chine* 40 jours après sa nomination en octobre 2006, puis consultant stratégique de Alibaba.com. Dans la vie courante, les associations les plus intimes peuvent aboutir à une séparation. Le temps nécessaire au tissage des liens sociaux rend ces derniers d'autant plus précieux et donc toute rupture aussi malheureuse qu'improductive.

Les occasions de départs précipités couvrent dans ce chapitre toutes sortes de situations : quotidiennes, imaginaires, historiques, sanitaires, voire intergalactiques !

INVASION IMMINENTE

Yveline Canal

Le vaisseau brille sous l'inquiétant soleil rouge. Un incessant et lent mouvement remplit les multiples niveaux, long fleuve silencieux et discipliné. Le commandement est en place depuis plusieurs années déjà et les essais hors atmosphère sont couronnés de succès : le vaisseau est rapide et fiable, les armes capables de réduire à néant d'énormes étoiles et météorites, personne ne pourra leur résister. Tout est planifié depuis longtemps, mais le départ est avancé : notre soleil se meurt et notre planète va disparaître.

Dans ce vaisseau tout est prévu pour y vivre des centaines d'années : de la nourriture, de l'eau, le renouvellement de l'oxygène. Les ingénieurs ont su recréer l'atmosphère de notre planète bien aimée. Une grande partie de la population et des militaires sont placés en hibernation, ils seront réveillés dès que le but du voyage sera atteint. Les derniers techniciens rejoignent leur alvéole où ils attendront l'ultime instruction avant le décollage. Les portes se ferment. Sur les écrans, le ministre en tenue d'apparat, calme et déterminé désigne la cible : « C'est une planète très éloignée de la nôtre. Les dernières analyses de nos chercheurs indiquent que nous pourrons nous y installer pour de nombreuses années. L'atmosphère est la même

40

que celle de notre terre et elle contient suffisamment d'eau et de minerais pour satisfaire nos besoins pendant plusieurs millénaires. Cette planète est peuplée d'êtres frustres qui sont à peine capables d'explorer leur système solaire, nous n'aurons aucune difficulté à les exterminer et notre race pourra à nouveau prospérer ! » Les vitres se ferment sur ces dernières paroles, chacun sait ce qu'il doit faire, le grand voyage commence.

Il est temps, le soleil rouge ces derniers jours a viré au noir sinistre. Toutes les nations s'étaient réunies pour trouver la planète B, celle qui doit sauver nos vies. Chacun a donné de lui-même pour concevoir cet immense vaisseau, monstre de technologie et porteur de tant d'espoir. Tout ce que nous avons de plus précieux est là, dans cette merveilleuse structure de métal. Dans quelques années nous arriverons sur la planète bleue que le grand maître a su découvrir dans cette lointaine constellation. Cette terre est la promesse d'un nouveau départ, d'une hégémonie, personne n'en doute, nous sommes les plus forts de l'univers, les batailles des siècles derniers ont démontré la suprématie de notre race.

Entrée imminente dans l'atmosphère, le vaisseau a bien résisté au voyage, reste l'atterrissage, une formalité pour les pilotes aguerris. Chacun est à son poste attendant l'ordre de sortie. Dès que les dernières analyses auront été faites, nous sortirons et commencerons l'installation. Nous commencerons par investir les cités, nos armes sont capables de réduire en poussière des structures de plusieurs étages. Les soldats prendront ensuite la relève afin d'éliminer toute vie susceptible de nous nuire. Il n'est pas nécessaire d'asservir les populations, les éliminer est beaucoup plus efficace.

Le buffle broute sur le bas-côté de la rizière. De ses naseaux un petit brouillard s'élève sur la campagne. Son maître Ma Peng arrive sur son vieux vélo. Une dure journée pour tous les deux, labourer une rizière c'est un travail de forçat. En sifflotant le maître se penche sur le talus, il ramasse une assiette : Ah ! C'est çà un drone ? Ling Yi en a déjà vu à Shanghai, ils te surveillent dans les rues pour voir si tu portes bien ton masque. Comme si je pouvais contaminer quelqu'un ici ! Mon buffle peut-être ? »

Ma Peng saisit l'assiette et la lance en direction du ruminant. La lourde patte s'abat sur l'objet qui disparait dans la boue de la rizière.

MAÎTRE ZHULIU

Daniel Gorans

On m'appelle maître Zhuliu. Voilà bientôt vingt ans que je suis né. Il paraît que je n'ai pas toujours habité Beijing, mais je ne me souviens pas du début de mon existence. J'ai grandi dans un *hutong*. Le *hutong* était celui de « la Petite Trompette ». Sa renommée est peut-être parvenue jusqu'à vos oreilles. J'aimais bien l'animation qui y régnait. J'y habitais avec ma famille adoptive. Elle se composait d'une gentille petite fille, Meihua, et de ses parents. J'avais beaucoup d'échanges avec Meihua : elle m'emmenait promener presque tous les jours lorsque ses parents, trop occupés par leur minuscule épicerie, n'en avaient pas le temps. Elle aimait me lire des histoires et me chanter des chansons. Sa voix mélodieuse reste gravée à tout jamais dans ma mémoire. J'ai d'ailleurs toujours essayé de l'imiter. Je crois avoir ainsi appris à parler et à chanter, sans jamais parvenir à l'égaler. Nous vivions tous quatre dans l'arrière-boutique où je partageais l'espace exigu occupé par Meihua, derrière une tenture en faux velours cramoisi orné de pivoines. Nous ne manquions de rien au plan alimentaire grâce à l'épicerie.

Puis les malheurs se sont succédés. Ma compagne de promenade, ma meilleure amie, est devenue une fort belle jeune fille. Ce n'est pas un malheur en soi. Mais au cours de nos sorties, elle fut de plus en plus souvent accompagnée d'un garçon du voisinage, Minghu. Ils parlaient beaucoup ensemble et s'intéressaient de moins en moins à moi. Lui est le fils des restaurateurs dont le modeste établissement était juste en face de l'épicerie. Les parents se connaissaient bien et se sont déclarés ravis de la bonne entente de leurs enfants. J'ai même entendu le mot mariage. Deux commerces complémentaires se faisant face ne pourraient que prospérer si leurs propriétaires devenaient apparentés grâce à leurs enfants ! Au bout d'une année, le mariage eut lieu. Je n'ai jamais vu autant de monde, entendu autant de vacarme ni été ébloui par autant de couleurs chatoyantes ! J'ai essayé en vain d'attirer l'attention en chantant. Puis Meihua est partie avec Minghu. Il était militaire et ils demeuraient dans une caserne près d'une frontière si éloignée qu'ils ne venaient même pas à chaque fête du nouvel an ! La mère de Meihua est devenue de plus en plus mélancolique tant sa fille lui manquait. J'avais beau faire tous les efforts possibles pour parler et chanter en imitant de mon mieux la voix de ma regrettée amie, sa mère restait inconsolable. Alors les affaires de l'épicerie déclinèrent.

Un jour, comme un coup de tonnerre, on annonça la destruction prochaine du *hutong*. C'en fut trop pour la mère de Meihua. Elle se coucha pour ne jamais se relever. Son mari et moi tentions en vain de la distraire. Elle cessa complètement de s'alimenter et mourut. Il y eut beaucoup de larmes et de lamentations dans et autour de l'épicerie. Pour les obsèques, la bonne nouvelle fut que Meihua revint de sa lointaine retraite. J'eus un peu de mal à la reconnaître, sauf pour la voix. Elle s'approcha tout de suite de moi et se mit à chanter, comme au bon vieux temps. Des larmes coulaient sur son beau visage. Au cours des quelques jours de son séjour, elle eut parfois le temps de me raconter un peu son existence. Elle n'appréciait pas la vie à la caserne. Son mari était gentil mais il partait souvent en mission, la laissant seule. Elle était timide et n'avait pas réussi à se faire de vraies amies. Pourtant elle se réjouissait d'attendre un enfant. Minghu et elle espéraient un fils. Ils espéraient aussi pouvoir se rapprocher de la capitale lors d'une prochaine affectation.

Puis Meihua repartit et peu après, la destruction du *hutong* débuta. L'épicerie et le restaurant furent rasés, leurs propriétaires relogés dans la même tour de 30 étages entre le quatrième et le cinquième périphérique. Inutile de dire que chagrin et colère étaient au rendez-vous ! Je n'eus plus droit aux promenades. Je commençais moi aussi à être gagné par la tristesse.

Un jour du printemps suivant, Meihua et son mari vinrent nous rendre visite avec leur bébé. Grande joie ! Meihua trouva que son père avait beaucoup négligé le ménage. Elle ouvrit toutes les fenêtres, se lança dans un grand nettoyage puis tout à coup ouvrit ma porte en me disant « va, ce n'est pas une vie pour toi ici ».

J'hésitai un court instant avant de franchir d'un battement d'ailes la porte de ma cage et de prendre mon envol, tenté par l'aventure de trouver d'autre mainates dans les environs ou, pourquoi pas une blanche colombe porteuse si possible d'un rameau d'olivier.

RETROUVAILLES AU BOUFFAY

Christian Siguié

Du premier étage du *TGV Atlantique*, HaiMei contemplait la douce campagne angevine, à quarante minutes de sa destination. Elle descendrait bientôt en gare de Nantes, où elle gagnerait la ligne 1 du tramway blanc et vert en direction de la place centrale de Commerce. Avec elle, plus de 400 passagers anonymes descendraient simultanément du même « cheval de feu ». Très peu d'entre eux cependant auraient choisi le wagon n°3 à la seule fin de descendre au plus près du grand hall des arrivées. HaiMei voulait y voir de ses yeux la modernité de la verrière à dentelle de béton fibré dont elle avait suivi à distance l'inauguration, au cours du confinement dont le monde émergeait enfin.

HaiMei était assurément la seule à avoir emporté de Chine le ticket des Transports de l'Agglomération Nantaise « TAN », qu'elle avait précieusement conservé depuis la mise en service de la troisième ligne de tramway. La TAN s'était engagée au cours de l'été 2000 dans un partenariat ambitieux avec la Chambre de Commerce locale, qui visait à offrir toutes facilités logistiques aux mille jeunes chinois venus fréquenter assidûment les grandes écoles et universités de la Cité des Ducs. Les billets offerts pour la circonstance pariaient sur le retour d'investisseurs aussi nombreux, dont les apports financiers ne manqueraient pas de profiter en retour à la ville natale de Jules Verne.

Souvenir de sa vie d'étudiante dont elle était restée fière, ce billet rapprochait désormais HaiMei de son ami Patrick qui lui avait donné rendez-vous à l'arrêt de Bouffay, le troisième depuis la gare. Leur choix ne devait rien au hasard : les restaurants d'un quartier connu pour ses parfums exotiques avaient tous accueilli deux décennies plus tôt les soirées estudiantines de leur binôme inséparable. Patrick excellait déjà dans la mécanique des fluides dont il avait fait depuis son métier. HaiMei, plus jeune de quatre printemps, perfectionnait alors ses connaissances de la langue de Molière en même temps qu'elle préparait le DESS franco-chinois inauguré à Nantes trois ans plus tôt.

Toute sa famille au grand complet avait contribué à cet espoir qui se confirma vite un succès : HaiMei mit moins de trois mois pour assimiler le vocabulaire et la grammaire, cœur et âme de la langue de la Justice. Les journées harassantes de cours, révisions et contrôles des deux jeunes gens se terminaient régulièrement en soirées semi-improvisées au cours desquelles Patrick avait plaisir à commenter les vins de Bordeaux. En contrepartie de cette extension naturelle de sa spécialité d'ingénieur, son invitée de marque l'initiait aux subtilités du mandarin. L'étymologie de son nom de famille : Qin, étroitement mêlé à l'histoire de la Chine, avait particulièrement séduit Patrick qui rêvait de donner un jour une dimension internationale à sa carrière en devenir.

Leurs conceptions, aussi différentes que complémentaires du monde qu'ils partageaient, les amusaient presqu'autant que leurs différences de goût qu'ils avaient fini par rapprocher, s'accommodant au besoin d'un mélange de steak-frites et de riz gluant au canard caramélisé, qu'ils s'échangeaient dans un grand éclat de rire.

Patrick proposait avec force courtoisie de raccompagner HaiMei, qui déclinait tout aussi régulièrement son offre bienveillante. Présenter à un *Lao Wai* même sympathique, l'appartement de bonne qui engouffrait ses modestes économies du mois, semblait juste inconcevable à HaiMei. Leurs études achevées, l'infini respect qu'ils avaient entretenu l'un pour l'autre déboucha sur un échange épistolaire des plus variés : aux longues lettres illustrées du début succédèrent assez rapidement les courriels et les messages à *smileys*, mis à leur disposition par une technologie aussi révolutionnaire qu'universelle. En deux courtes décennies, Patrick avait pris femme et reproduit une famille à son image. HaiMei, qui s'était dans le même temps hissée à la Direction Générale du groupe QUANBU CHI DIAO, avait éprouvé une certaine admiration pour ce bouleversement dans l'état-civil de Patrick. De sa ville de Tianjin, elle savourait désormais pleinement les subtilités de sa langue, ses pointes d'humour… et ses coquineries d'homme parfois. « *Honni soit qui mâle y pense* » était la conclusion attendue de ses mails, garantie d'un sourire entendu qui traversait presque instantanément les 8 660 km qui séparent Nantes de l'avant-port de Pékin.

Vingt ans plus tard, le groupe QUANBU CHI DIAO, avait confié à HaiMei la création d'une nouvelle succursale européenne le long de la bien-nommée Côte de Jade, au sud de Saint Nazaire, futur port majeur des « routes de la Soie ».

À 11h22, le tram fit halte à Bouffay et le premier coup d'œil de HaiMei rencontra « l'Éloge du Pas de Côté », qui semblait lui souhaiter la bienvenue avec la plus grande audace. Elle sourit à la pensée que le *challenge* quotidien de cette statue déséquilibrée ressemblait au sien : tant de cours, d'efforts pour ce voyage… et Patrick n'était même pas là ! Comment pouvait-il même avoir oublié leur rendez-vous ? Nantes, qu'elle espérait retrouver depuis si longtemps, semblait avoir d'un coup perdu tout son sens. Elle voulut se retourner pour échapper à une déception insoutenable, quand deux bras familiers la soulevèrent : Patrick, bien décidé à la surprendre, s'était glissé dans ses pas depuis sa descente du tram. Vingt ans s'étaient envolés dans cette courte ascension. Dès que ses pieds touchèrent le sol, HaiMei blottit sa tête contre l'épaule de Patrick, qui serra sa taille contre lui. Leurs yeux contemplaient le ciel, les toits en ardoises, jusqu'à ce que leurs regards ne puissent plus se détacher. Le cœur de HaiMei battait à présent la chamade, tandis que Patrick lui offrit un baiser qu'elle accepta timidement tout d'abord, puis passionnément.

HaiMei se ravisa toutefois : Patrick était marié, avait une famille… Sans doute ne méritait-elle pas ce moment d'infinie tendresse qu'elle avait secrètement espéré, à la lecture des lettres et des messages de Patrick, tout au long de ces deux décennies écoulées. Encore livrée à ses doutes et ses regrets, HaiMei sentit son *XiaoMi Pro* vibrer : la division internationale de QUANBU

CHI DIAO cherchait à la joindre de toute urgence. « *Wei, Wei* », « *Shi de* »... Patrick comprit à ces mots que cet appel n'augurait rien de bon. Le siège annonçait à HaiMei la fermeture de ses filiales de Paris et Londres, au profit d'un nouveau bureau, à Saint Pétersbourg en Russie.

Le visage de HaiMei s'était soudain décomposé, tandis que le billet de la TAN qu'elle serrait encore très fort dans sa main droite, venait de tomber. Patrick le ramassa, s'étonnant qu'il ait été composté : chacun devait pourtant bien savoir que les transports publics étaient gratuits à Nantes le week-end.

REFUGE CHEZ LE GRAND-PÈRE

Bernard Conseil

La situation devient hors de contrôle ! Il me faut trouver un motif imparable pour m'échapper de mon poste de travail. En début d'après-midi, entre deux réunions de crise, je m'enferme dans les toilettes pour envoyer une bouteille à la mer. Une heure plus tard, je reçois sur mon portable le sésame :

> *Chang, la maladie de ton père a*
> *empiré. Il demande que tu viennes*
> *le voir de suite avec les enfants.*
> *Je t'embrasse, ta Mère.*

Je montre le SMS à mon chef et sans attendre son assentiment, je quitte les lieux. De toute façon, il ne pourra pas blâmer ma piété filiale et mon sens du devoir. C'est de ma part une interprétation à sens unique. Vu les circonstances, le devoir m'imposerait de rester à mon poste. Toutefois, je suis convaincu que la situation va dégénérer et qu'il vaut mieux quitter la région au plus vite.

Je fonce à la maison. Par chance mon épouse You est là. Je lui montre le SMS de ma mère et lui fait part de ma volonté de quitter le domicile dès que nos deux enfants seront rentrés du lycée.

- Chang, je suis surprise, la semaine dernière quand on l'a vu dans ses montagnes, il avait l'air en forme. Je n'ai pas envie de refaire la route, c'est loin et les enfants ont des examens proches à préparer.
- Non et non, il faut qu'on y aille tous et tout de suite.
- Vas-y tout seul si tu veux, moi c'est non.

C'est alors, que prenant une grande respiration, je précise ma position et insiste pour un départ dès le retour de nos ados, même si c'est précipité.

- En fait, je vais être franc avec toi. J'ai un très grave souci au travail, il nous faut partir et ça risque d'être pour longtemps. Le SMS de ma mère, c'est le prétexte qu'elle m'a fourni pour le chef. C'est aussi le prétexte qu'on donnera aux enfants et c'est bien dans les montagnes du Wudang, chez mes parents, qu'on part.
- Alors dis-moi quel est le problème, que je comprenne pourquoi.
- Désolé, pas maintenant.

En plus de mon ordinateur et des sauvegardes, je rassemble fébrilement les documents importants ainsi que quelques photos et souvenirs. Juste la quantité pour ne pas dépasser la contenance de mon sac à dos. Parallèlement, je ramasse quelques affaires chaudes pour affronter la montagne, juste de quoi remplir un gros sac. Il ne faudrait pas que les voisins et les caméras de surveillance de l'immeuble croient à un départ pour longtemps, voire à un déménagement.

Je demande aussi à You, de faire la même chose pour elle et de prendre quelques affaires pour les enfants. Pendant ce temps, j'en profite pour vider le frigo des denrées périssables. Nous en aurons besoin en route.

Alors que je repense aux événements de ce matin, les enfants arrivent !

- C'est quoi tous ces sacs dans l'entrée. En plus, il y a le mien. Qu'est-ce que vous avez mis dedans ? demande notre fils
- Non, ce n'est pas vrai, tu es allée fouiller mon armoire pour faire mon sac ! hurle notre fille à l'adresse de sa mère.

J'ai beau leur expliquer que leur grand-père est très malade et qu'il a demandé à les voir aussi, rien n'y fait. Ils ont des examens à préparer et ne veulent pas repartir en montagne loin de leurs copains.

- Partez tous les deux, grand-père comprendra que la préparation de notre avenir est plus importante que de le regarder mourir. Puis, comprenez aussi que la Chine évolue, les traditions familiales de piété filiale ne s'appliquent plus quand les familles n'habitent plus dans la même région. C'est à cause du développement économique !
- Papa, je ne te crois pas. C'est pas possible, il avait l'air encore en forme la dernière fois que je l'ai vu,

ajoute notre fille. Tu nous racontes des histoires. En fait, tu as la police aux fesses et tu veux filer au loin.

C'est alors que Yo, restée discrète jusqu'alors, intervient.

- Les enfants, votre père vous refait le même coup qu'à moi. Le grand-père est un faux prétexte. J'ai compris qu'il fallait partir mais pas pourquoi. Allez en route, on discutera dans la voiture.

Une heure plus tard, une fois sortis des embouteillages, You m'interroge :

- Bon maintenant qu'on vient de quitter Wuhan, tu vas nous expliquer ce qui s'est réellement passé ce matin au labo.
- Non, surtout pas ! C'est secret défense !

La Cuisine

La cuisine chinoise est extrêmement variée : « canard laqué » de Pékin, raviolis chinois, pain *bao*, nouilles sautées, riz cantonais, sans omettre le riz blanc… La Chine a depuis longtemps inscrit la cuisine dans son patrimoine culturel, elle est connue du monde entier. Ses provinces méridionales se distinguent en outre par leurs plats surprenants, à base de serpents, singes, souris et autres animaux que l'Occident n'a pas l'habitude de consommer…

Dans les récits qui vont suivre, la préparation de plats et de repas, sera à l'honneur...

MADELEINE CHINOISE

Yveline Canal

Le faitout était toujours plein de riz blanc. Pas ce riz que nous mangeons maintenant, un riz aux grains longs et luisants. Je n'ai jamais su d'où il venait, où on pouvait l'acheter, il était là dans un placard frais et sombre à l'abri des rongeurs. Élément essentiel et rassurant : il y a toujours du riz. Le petit verre doseur... un verre par personne... j'ai su très vite compter, le lavage du riz m'étant réservé. Ce n'était pas une corvée, laver et vider doucement ces grains qui dégorgeaient leur amidon, l'eau qui coulait sans l'économiser : « il faut bien le laver Mimi, 10 fois si tu veux ! ». Un luxe pour cet homme qui avait vécu dans la pauvreté et la famine.

Mon père ajoutait la dernière eau, celle qui doit être une main au-dessus du riz. Puis la cuisson à feu vif qui remplit la pièce des clapotis et cette odeur douceâtre qui annonce la fin de l'ébullition, le début des petits cratères, moment attendu où je devais couvrir la casserole et fermer le bouton du gaz.

« Ne touche plus Mimi, le riz doit attendre »

Maman, me racontait, mi-honteuse, mi-ravie, qu'elle n'avait jamais mangé de pain pendant la guerre contrairement à beaucoup de Français. Les Chinois ne mangeant que du riz, lui

56

donnaient les bons de rationnement pour l'achat du pain, elle les transformait en bons pour acheter des galettes Saint Michel.

Les soirs où aucun des plats que me présentaient mes parents n'avaient de faveur à mes yeux ou à mon appétit, mon père me donnait la monnaie pour acheter une tranche de jambon blanc chez le charcutier. Cela complétait avec délice la petite montagne de grains fumants où j'enfermais un morceau de beurre salé.

SAVEURS D'ENFANCE

Claudine Ricaud

Comme tous les matins, bien avant le lever du jour, Cheng ouvre son restaurant. Le grincement du rideau de fer déchire le silence de la rue. Une fois entré, Cheng regarde les arbres chétifs qu'éclairent les rares lumières des appartements voisins. Dehors personne. Pas un bruit. Le froid de la nuit dernière semble avoir découragé toute présence humaine ou animale. Cheng aime ce temps suspendu avant le brouhaha de la rue qui va s'amplifier et augurer de l'arrivée de ses clients.

Quelques heures plus tard il guette le bruit familier d'un vélo sur la route. Il peut reconnaître entre mille le grincement de cette vieille mécanique mal huilée. Pourtant de tout cela émerge un chant harmonieux aux oreilles de Cheng qui l'entend enfin. Dans l'encadrement de la porte apparaît le visage rieur d'un enfant au-dessus d'un vieux vélo bleu. Cheng se lève et se dirige rapidement vers lui. Le bonheur de voir Xiao Huang illumine son visage.

Xiao Huang passe tous les jours au restaurant de son oncle avant d'aller à l'école. Après l'avoir salué, il repart ensuite rapidement non sans avoir préalablement mangé quelques boulettes de porc braisé au gingembre. La journée est belle. Après sa toilette, Xiao Huang se prépare à la hâte et le voilà parti enfin sur son vélo. D'un cœur léger il traverse le faubourg attenant à son habitation. Après être passé au restaurant, il aperçoit au bout de la rue la silhouette de Meili qui l'attend en souriant pour se rendre avec lui à l'école. Ils discutent beaucoup, partageant pareillement petits tracas ou bonheurs de tous les jours.

Les années ont passé. Meili et Xiao Huang se sont mariés. Pour leur mariage ils se sont retrouvés avec leurs familles dans le restaurant de son oncle qui avait consenti à faire ses boulettes de porc braisé accompagnées de sa sauce délicate au gingembre qu'adorait Xiao Huang.

Aujourd'hui le restaurant est fermé. Cheng est décédé depuis quelques années. Meili et Xiao Huang ont déménagé bien loin de la ville de leur enfance et se sont installés, avec leur jeune enfant, dans le quotidien douillet d'une nouvelle vie. Le travail de Xiao Huang l'accapare beaucoup et il s'aperçoit que son fils est déjà devenu adulte. À ce regret de n'avoir pas vu les années filer, une lassitude de plus en plus pesante l'accompagne désormais tous les jours.

Un matin, alors qu'il marche d'un pas rapide pour rejoindre une réunion dans la ville voisine, il s'arrête brusquement devant un restaurant de rue. L'odeur d'un plat préparé ici l'a comme aimanté. Et lorsque, les paupières fermées, il croque enfin dans ces petites boulettes de viande braisée, une chaleur l'enveloppe et lui réchauffe le cœur. Il revoit le temps de son enfance qu'il avait pourtant cru oublié. Les rues bordées d'arbres, la grille en fer du petit restaurant, le fumet des plats qu'il sent bien avant la ruelle, le visage souriant de son oncle, la silhouette de Meili qui l'attend... Dans un flux puissant, les images et les sensations d'alors lui reviennent à chaque nouvelle bouchée. À ce moment précis il souhaite à son petit-fils de connaître pareils bonheurs de l'enfance, qui un jour pourraient lui réchauffer le cœur comme à lui aujourd'hui.

Ce n'est que des années plus tard que je croisai inopinément mon ancien voisin et camarade de classe Xiao Huang dans cette ville bien loin du lieu de notre enfance. Il avait changé, comme moi-même sûrement. Néanmoins je le reconnus au premier regard. Aussi surpris l'un et l'autre de nous retrouver de façon si inattendue, nous engageâmes pourtant instantanément la conversation. Comme pour moi, son fils maintenant marié avait eu à son tour un petit garçon. Un peu pressé, il m'invita toutefois à l'accompagner pour poursuivre notre discussion.

Après quelques minutes de marche il entra dans un petit restaurant. Quelle ne fut pas ma surprise de le découvrir s'affairer en cuisine! Il me confia avoir abandonné son précédent travail des années plus tôt pour reprendre ce restaurant. Il m'invita ensuite à partager avec lui un repas ce que j'acceptai de bon cœur. Alors que nous évoquions nos souvenirs communs, il s'arrêta brusquement de discuter, une oreille tendue vers les bruits de la ruelle. Après quelques instants, comme répondant à un signal muet, il se dirigea vers la porte et accueillit en souriant un jeune garçon sur son vélo, son petit-fils Xiao Cheng, qui venait le saluer avant d'aller à l'école comme chaque jour, et manger au passage quelques boulettes de porc braisé… au gingembre!

LI WEN ET SES INIMITABLES RECETTES

Christian Siguié

En trente ans de pratique culinaire, la réputation du chef Li Wen dépassait de loin la province du Guangdong où il exerçait, à Machongzhen au bord de la Rivière des Perles. Son restaurant : le « *Bijialihaochi* », s'était imposé comme un établissement connu de toute la Chine. Li Wen l'avait fondé avec l'aide de ses voisins, entre-temps devenus ses collaborateurs, de l'arrière-cuisine au service de table. De tradition essentiellement rurale, la modeste ville de Machongzhen s'était entièrement bâtie sur la riziculture et, plus récemment, sur l'élevage de canards coureurs, aussi délicieux qu'utiles à la collecte des insectes et des mauvaises herbes endémiques.

C'est précisément à l'entrée du pittoresque delta qui arrose la cité, que Li Wen hérita de l'une de ces rares maisons de style *Xiguan*, fierté de leurs propriétaires cantonnais. Ses voisins encouragèrent Li Wen à la transformer en table d'hôtes, dans l'espoir que leur énergie de nouveaux paysans-de-la-ville y soit un jour mieux employée. Tout comme leurs parents, grands-parents et ancêtres avant eux, ces *Nong Jia Le* étaient tous de nature matinale, qui pour rehausser ses buttes de riz, qui pour tailler les branches mortes ou gloutonnes des arbres fruitiers, qui pour traire le lait de leurs bufflonnes laitières dont les silhouettes squelettiques trahissaient une endurance maigrement récompensée.

Cette dernière vision avait suffi à encourager Li Wen sur la voie qui venait de lui être tracée, peu tenté qu'il était par les métiers de la terre, pour s'en tenir à un euphémisme. Il excellait en revanche à conduire les autres là où leurs talents le serviraient le mieux. C'est ainsi qu'il débaucha le volailler de sa communauté contre la promesse d'achat de ses poulets et de leurs œufs, pour en faire un merveilleux chef de rang. Li Wen s'arrogea de même les services de son adjoint en cuisine, en l'assurant de meilleurs débouchés pour l'herboristerie qu'il tenait au village… Et c'est ainsi qu'une escouade de trente, cinquante puis cent villageois de Machongzhen se mit progressivement au service de Li Wen.

À la devise du restaurant : « Mangez chez nous tout ce dont vous rêviez », répondait en cuisine leur nouveau cri de ralliement : « rien à perdre, ensemble tout à gagner » ! Et les résultats furent vite à la hauteur des espoirs de la brigade culinaire ainsi constituée.

Les visites des rares néophytes de la ville firent progressivement place aux hordes des clients plus fortunés accourus de Xintangzhen, Zhongtang-Guangdong et même de Dongguan ! Tous voulaient goûter le fameux canard laqué qui ornait désormais la grande enseigne extérieure du restaurant.

Fier de son équipe qui suivait ses instructions aussi méticuleusement que ses recettes les plus téméraires, Li Wen enchaînait ces dernières à la manière d'un automate infaillible. Son art d'entailler à la pointe du couteau la graisse en croisillons, qu'il répandait à trois reprises au pinceau, était inimitable… Les médias et les guides spécialisés qui venaient régulièrement évaluer sa table, rendaient spontanément hommage aux talents de compositeur d'un Chef « dont les talents devraient s'exporter ». De fait, sa renommée précéda l'homme. À près de 20 000 *li* de là, le restaurant chinois le plus en vue du quartier de Bouffay, au cœur historique de la ville de Nantes, eut vent de l'ascension fulgurante de Li Wen et l'invita à le rejoindre pour un échange de bonnes pratiques, qui ne pouvait que valoriser leurs deux établissements de renom.

Un temps surprise par ce rapprochement inédit, la presse locale réserva vite un accueil tantôt amusé, tantôt élogieux à ce renfort inattendu de l'exotisme culinaire en pleine capitale du Muscadet. Sensible à ce nouveau modèle de coopération économique transversale, si près de l'ancien hangar à bananes qui abritait ses locaux, la CCI régionale encouragea prestement la naissance d'une nouvelle franchise sino-française, ou franco-chinoise, selon les autorités à qui le projet était destiné.

Mais à Machongzhen comme à Nantes, « le Diable se cache vite dans les détails » : le restaurant de Bouffay avait pris l'habitude de noter, répertorier, archiver tout ce qui pouvait l'être dans son établissement, au nom de la sacrosainte productivité informatique dont il se réclamait. Lorsque Li Wen se vit demander de bien vouloir résumer la recette du canard laqué qu'il n'avait eu de cesse de parfaire d'un service à l'autre, il s'étonna tout d'abord de la rigidité, puis de la fréquence lourdement insistante de la requête qui lui était formulée. Doutait-on de son art au point qu'on voulut ainsi le figer à tout jamais… ou pire souhaitait-on plagier ici le trésor culinaire de

Machongzhen ? La navette qui le ramenait à l'aéroport de Nantes-Atlantique passa devant le Miroir d'Eau, que Li Wen ne put s'empêcher de comparer une dernière fois à la laque de ses chers palmipèdes : la tradition venait encore de l'emporter sur la mondialisation !

Résistance

La Résistance, c'est celle de la Chine à plusieurs formes d'oppression collective ou d'occupation de son territoire. C'est un thème récurrent de l'Histoire. C'est aussi la résistance des Chinois soumis aux plus strictes conditions de confinement sanitaire et qui a plus récemment surpris le monde. Ou résister par tous les moyens devient un art de vivre, au quotidien.

À suivre : résistance passive, résistance et imaginaire…

LE POUVOIR DES MOTS

Yveline Canal

Maman et moi nous avons fait un long voyage, en train, en autobus et à pied. Quand nous arrivons chez grand-père, il nous attend sur le chemin. Maman le suit dans la maison, j'attends à la porte, au soleil. Maman lui donne une liasse de billets et le grand sac à provisions. Puis elle sort, s'agenouille et me dit d'être sage, elle reviendra me chercher. Je ne pleure pas, elle me donne le foulard de soie qui entoure son cou. Je la vois partir sur le seul chemin de ce petit village. Ma gorge se serre, mes yeux se plissent, les larmes coulent. Je pénètre dans la maison de grand-père. C'est sombre, le sol est en terre battue et le mobilier sommaire, un grand lit, un coffre, un buffet et un poêle. Grand-père ne me parle pas, il range les provisions dans le placard. Moi je m'accroche à mon sac à dos et à mon foulard, je suis fatiguée et mes parents me manquent.

Grand-père a des poules et un coq, ce dernier me fait très peur. Hier j'ai voulu ramasser les œufs, il m'a poursuivie en me picorant les mollets. Les poules se sont sauvées du poulailler, grand-père a ri.

Aujourd'hui, il m'a emmenée à la rivière. Il y a beaucoup d'enfants dans ce village, surtout des filles. Comme moi, elles vivent loin de leurs parents, avec des grands-parents, des oncles ou tantes. Mayling est mon amie, elle est plus grande que moi, elle m'explique : « Tu es là car tes parents veulent faire un petit frère. »

Grand-père m'apprend à pêcher, à cueillir, à faire la cuisine et surtout il m'apprend à écrire et moi j'aime ça. Il y a des enfants qui vont à l'école, moi je n'ai pas le droit. Avec un bâton, dans le sable, je trace des idéogrammes.

L'autre jour, grand-père m'a rapporté de la ville un nouveau pantalon et surtout un pinceau et de l'encre. Depuis je n'arrête pas, je reproduis tous les signes que je découvre. Certaines fois, même les vieux du village ne connaissent pas leur signification.

Maman vient me voir, je ne me souvenais plus de son visage, juste son odeur. Elle a un petit bébé accroché à son dos. Elle me caresse les cheveux et pleure. Moi je préfère aller jouer avec Mayling. Maman repart.

Mon passe-temps préféré, juste après l'écriture est de faire voler le foulard de maman. Je m'imagine que je suis dessus et je vole. Dans le vent avec mon foulard je trace des signes : eau, montagne, arbre. L'autre jour, j'ai tracé le mot pluie, et il a plu ! Mayling a dit : « c'est une coïncidence ! » J'essaye avec d'autres mots. Je trace le mot vent et une petite tempête se lève.

Grand-père est malade, il tousse, il ne se lève plus. Je lui donne à boire de la soupe et il mange un peu de riz. Cette nuit, il avait froid, et ce matin il ne bouge plus, il m'a laissée. Une voisine m'a emmenée à la ville dans un orphelinat, je m'ennuie. On me demande de m'occuper des petites qui pleurent ou qui ne veulent plus manger.

Des gens viennent nous voir. Ce sont des étrangers à grand nez. Les dames nous donnent des friandises, mais ce n'est pas bon ! Je fais toujours de la calligraphie, avec ce que je trouve comme matériaux, le sable, les murs, quelquefois du papier. Une dame me parle et me demande ce que j'écris. Elle dit vouloir m'emmener en Amérique.

Ça y est, je vole, en avion ! La dame m'a d'abord emmenée dans un pays appelé Indonésie. Elle m'a acheté des robes, des pantalons, des foulards, des chaussures et un grand sac. Aujourd'hui nous partons vers une île, elle me montre les photos des plages au sable blanc. Je n'ai jamais vu la mer et ça ne me fait pas vraiment envie.

Dans l'avion mon cœur se serre, j'ai envie de reculer, de partir en courant. La dame est derrière moi et me sourit. Dans mon poing, je serre le foulard de maman. Il est tout effiloché et très sale. La dame me demande de le jeter, je me mets en colère et je crie.

L'avion décolle, deux bébés pleurent, ils ont mal aux oreilles comme moi. La dame me caresse les cheveux, je ferme les yeux, je suis triste et je m'endors. Je sens les doigts de la dame sur ma main, elle essaye de se saisir de mon foulard. Je me lève et je trace le mot « mort » avec mon foulard. La dame rit. L'avion a comme un haut-le-cœur et se met à glisser tête la première vers la mer.

On est le 29 octobre 2018, l'avion indonésien de la Lion Air disparait au large de Sumatra. Parmi les disparus, 3 enfants dont 2 bébés.

LA MAISON-CLOU

Yveline Canal

Je suis enracinée là depuis 200 ans. Il y avait beaucoup d'arbres autour de moi. La famille qui vivait chez moi entretenait des champs et des vergers. Vous auriez aimé entendre les cris au moment des moissons et les rires des enfants qui jouaient dans les ruisseaux. Tous les ans le maître des lieux faisait le tour de la propriété, demandait que l'on consolide un mur, une fenêtre, un morceau de toit. On refaisait les peintures des boiseries, on réaménageait les intérieurs au fur et à mesure que la famille s'agrandissait ou vieillissait.

Au siècle dernier la ville s'est agrandie, elle s'est approchée de mes murs, quelques usines se sont installées à ma porte. Les fumées et poussières ont commencé à envahir tous les recoins. Les terres vendues, ma famille ne pouvait plus vivre des cultures de ses champs et jardins. Les hommes sont devenus ouvriers des usines malodorantes.

Les années ont passé et mes murs sont devenus noirs. Le toit résiste encore grâce à la persévérance et l'agilité du dernier propriétaire Wang Jiao. Wang Jiao habite ici tout seul, sa femme et ses enfants sont partis depuis longtemps. Ils ne voulaient plus vivre dans cet îlot que je suis devenue. Imaginez, je suis seule sur un rocher, au milieu d'un immense trou où l'on doit construire des centaines d'immeubles ! Pour ravitailler son mari Wang Taï, doit descendre par un petit chemin boueux qui l'emmène aux pieds de mes fondations, là elle fixe les paniers au crochet que son mari descend à l'aide d'une grande perche, d'une poulie et d'une cordelette. Mon propriétaire ne veut pas me quitter. Il sait que s'il met un pied dehors, les pelleteuses s'abattront et me réduiront en gravats pour garnir des routes. Alors il reste là, il me cajole, il me parle, il me raconte comment adolescent il avait « vendu » ses parents comme contre-révolutionnaires pour me garder intacte ! Ses parents étaient partis en camp de rééducation, et lui il avait rejoint les jeunesses communistes. Bien plus tard il était devenu le référent du quartier, collaborant avec la police, il aidait du mieux qu'il pouvait les habitants. Et puis les promoteurs étaient arrivés, contraignant les propriétaires à quitter et vendre leurs maisons. Ils se retrouvaient logés dans les immeubles aux alentours, quelquefois au dixième étage ou plus; heureux s'ils avaient un ascenseur en fonctionnement ! Plus de vie de quartier, plus de parties de dominos dans les petites cours, plus de linge à sécher aux fenêtres, plus d'enfants courant dans les ruelles, plus de vendeurs de légumes.

Mon propriétaire ne cède pas. Les promoteurs sont venus de nombreuses fois avec beaucoup d'argent dans les mains. La dernière fois, ils avaient un ordinateur pour montrer à mon propriétaire ce qu'il allait advenir de sa maison. Je me suis vue au milieu d'une jungle d'immeubles qui me mangeaient le soleil. Ces gens ont dit que je suis « une maison-clou » et que mes fondations ne résisteront pas aux constructions. Mon propriétaire a rétorqué qu'un clou planté dans une poutre de chêne depuis deux cents ans ne peut être arraché ! Il a tourné le dos et refermé ma porte au nez de ces importuns.

Et voilà aujourd'hui je suis toujours là ! Curieusement on vient me photographier, il y a même des journalistes du monde entier qui viennent interroger le vieux propriétaire. La ville s'est installée, à côté de mes murs il y a un restaurant qui s'appelle « Au Vieux Clou ». Les gérants ont fait tellement d'affaires avec la publicité que j'ai générée, qu'ils ont fait une offre aux petits enfants du propriétaire, le rachat de la maison et sa remise en état. Je pense que je vais pouvoir encore résister quelques centaines d'années !

WO DE LAO SHI GAO SU WO
(MON MAÎTRE ME DIT)

Daniel Gorans

Depuis le temps que je le fréquente ! Il exige que je l'accompagne partout et prétend ainsi m'enseigner mille sagesses. Parfois d'autres nous suivent sur les chemins escarpés de telle ou telle montagne sacrée, jusqu'aux sommets où, plus près du ciel, les paysages se déroulent à l'infini. Le jour, des nuages aux formes étranges défilent, poussés par un vent qui n'admet nulle résistance. La nuit par temps clair, la lune et les étoiles éclairent de leur mieux l'obscurité qui nous enveloppe.

Chaque instant inspire à mon maître des pensées édifiantes. Il lui arrive de les partager et je suis loin de toutes les comprendre. Il prétend que je résiste trop à la fluidité naturelle de mon esprit : il devrait rester comme l'eau et son chant qui ruissellent le long des pentes. Il m'invite, non à faire des efforts, mais à me laisser aller à la rêverie. Le sens de ses pensées pourra alors franchir avec aisance toutes les barrières qui encombrent mon esprit. C'est loin d'être facile.

Je suis né au début de la dynastie Tang. Mes parents m'ont appris année après année à être obéissant, bon et généreux, aidant, mais jusqu'à certaines limites : si je perçois danger ou hostilité, désir de me nuire ou de me faire subir des violences, je dois résister, faire face, me défendre, voire attaquer à titre préventif. Puis je me suis éloigné d'eux pour vivre ma propre existence.

Mon souvenir le plus marquant à ce jour date d'il y a quelques années et je ne résiste pas au plaisir de vous le narrer. Après avoir franchi rivières et montagnes, traversé lacs et villages, des routes tortueuses m'ont conduit dans le Henan. Mon maître désirait se recueillir au temple de Shaolin, dans la ville de Zhengzhou. Il désirait échanger avec le nouveau responsable, élu 99 ans après la création du temple, sur les meilleures voies pour parvenir à la félicité. Il avait ouï dire qu'il préconisait une méthode à l'opposé de ses propres convictions. Pour autant, comme il me le murmurait souvent, il ne fallait pas résister aux pensées des autres à priori, il fallait tout faire pour les rejoindre dans leur vision du monde, même éloignée de la nôtre. En arrivant, ma surprise fut grande de voir des moines de tous âges s'exercer à différentes acrobaties, parfois avec des armes, parfois dans des postures invraisemblables. Certains d'entre eux simulaient de dangereux combats. Aucun ne semblait se consacrer à la méditation ou à la prière. Je perçus tout de suite la réprobation silencieuse de mon maître. Pour la première fois, je le sentis résister intérieurement. Il se raidit même physiquement lorsque nous arrivâmes au seuil du temple. Notre arrivée avait été annoncée et le moine nouvellement en charge de Shaolin vint nous accueillir, tout sourires. Après un rapide échange de politesses, un thé fut offert, servi à l'ombre d'un bouquet de bambous.

Je ne suis pas assez évolué pour avoir suivi tous leurs échanges. Ils parlaient doucement, chacun semblait attentif aux propos de l'autre. Des moines continuaient leurs exercices spectaculaires autour d'eux, comme si de rien n'était. Je perçus bien que cela intriguait et gênait mon maître. Il interrogea à un moment donné son interlocuteur pour savoir si un lieu plus tranquille ne serait pas plus favorable à la discussion. Très surpris, le moine ne comprit pas ou fit celui qui ne comprenait pas. Selon lui, il n'y avait rien de plus apaisant que de voir ses disciples, du simple novice au plus aguerri, tous autour de lui car les ennemis, réels ou imaginaires, voyaient bien qu'ils étaient dans l'incapacité de leur nuire. Mon maître fit remarquer qu'il ne voyait ni ne devinait nul ennemi, ni incarné ni dissimulé dans un des éléments environnants. Le visage de notre hôte se ferma et je crois qu'il résista intérieurement pour ne pas exprimer une colère qui eut pu lui faire perdre la face. Il sembla vouloir mettre un terme à la rencontre en affirmant que pour pouvoir enseigner et diffuser ses idées, il fallait savoir rester en vie, à tout prix.

Ils terminèrent leur thé sans plus parler. Mon maître refusa une hospitalité offerte du bout des lèvres et l'escorte proposée au cas où nous ferions de mauvaises rencontres, comptant s'appuyer davantage sur sa sagesse bienveillante que sur toute autre force.

Il me fit signe, me chargea de ses maigres bagages, ouvrit son grand parapluie jaune car le soleil était au zénith. Nous reprîmes notre route. Mon maître me dit avec tristesse que trop d'humains étaient persuadés que rien ne pouvait résister à la force. Il me fit aussi part de sa conviction que la sagesse finirait par l'emporter.

Je m'en sentis rassuré et j'acceptai dès lors de le porter sur mon dos.

Mon maître flatta mon encolure et me déclara qu'à son avis j'étais le plus sage de tous les buffles qu'il connaissait.

LES TROIS COUPS

Claudine Ricaud

Trois coups secs. À ce signal, comme chaque jour, je trouve mon habituelle portion de riz glissée sur le sol du sas.

Je m'assois à la table et mange. Je regarde par la petite fenêtre grillagée les nuages encore gris aujourd'hui. Mon regard revient dans la pièce et s'attarde sur la vieille veste cousue par ma mère.

À sa vue le *«Chant du vagabond»* me revient en mémoire alors que je croyais l'avoir oublié depuis les bancs de l'école. Depuis peu, d'autres poèmes appris il y a longtemps me reviennent. Je les dis à voix haute, et mon esprit s'évade. Plaisir souverain, me voilà, pour quelques minutes, revenue dans la maison familiale.

Mais l'ennui me pèse souvent. La plupart du temps pendant la journée, je somnole. La nuit le sommeil me fuit. Les bras repliés derrière ma tête, je n'ai d'autres distractions que de suivre la lente progression de la lune qui éclaire la petite pièce. *«Le clair de lune lumineux tombe près de mon lit comme le gel sur le sol»*. Ce poème ancien me transporte à son tour dans mon pays natal.

Aujourd'hui je tourne en rond. Depuis peu, le soir j'entends des cris puissants comme sortis d'une tanière. Ils m'effraient et me rendent plus nerveuse. Je ne me souviens plus d'aucun poème, d'aucun vers. Je suis de nouveau enfermée ici.

Trois coups secs. Déposé au sol, mon riz. Mais aujourd'hui, sur le côté du sas, dans un renfoncement, je distingue un paquet ficelé et, après une courte hésitation, je m'en saisis.

Par les poèmes mon esprit vagabondait quelques instants. Maintenant je déambule dans les rues de mon quartier. À cette heure tardive les trottoirs se remplissent petit à petit de gens de toutes sortes qui se frôlent et se bousculent. Un éclat de rire jaillit à l'entrée du bar sous l'éclairage violent des néons à gauche. Une femme semble partager, à droite, la blague de cet autre qui la regarde en souriant. La foule des gens s'agrandit. Apparaissent maintenant des véhicules au loin dans les collines.

Les trois coups à ma porte. Au riz habituel est ajoutée une nouvelle ration d'eau.

Me voilà dans le parc situé près de chez mes parents. À cette heure ensoleillée de l'après-midi, le vert vif du sol se ponctue de fleurs multicolores. En son centre, un plan d'eau invite à la détente. Je respire doucement. Dans les allées sinueuses des gens se promènent. Des femmes de tous âges apparaissent, assises sur les bancs faisant cercle autour d'enfants qui jouent. Bien vite je m'endors couchée dans l'herbe.

Trois coups. Je me réveille en sursaut et m'assois. Depuis combien de jours, de mois, suis-je ici? J'ai faim! Je dévore mon riz et me remets debout.

Entourée à présent de montagnes brumeuses, sous de lourds nuages, je regarde les eaux tourbillonnantes de la cascade du Lushan. Je me baigne dans ces images nées de mes souvenirs d'enfance vécus ou racontés par mon grand-père. Me voilà ivre du parfum des résineux accrochés à la montagne, mon souffle mêlé au souffle du vent. Je frissonne. La nuit me happe goulûment, je me dissous dans la roche, l'humus et le clair de lune.

Je regarde tristement l'intérieur du paquet maintenant presque vide. J'entends un haut-parleur aux sons inaudibles. Je perçois à l'extérieur une agitation inhabituelle.

D'un coup la porte s'ouvre entièrement alors que je suis en train de peindre avec mes dernières couleurs. Après un moment de sidération en découvrant ma cellule, on me pousse brutalement dehors tout en m'annonçant que je suis libre.

Hébétée, le pinceau encore tenu, je regarde mes mains abîmées et recouvertes de peinture. D'abord éblouie par la clarté soudaine, après quelques pas hésitants, je me retourne une dernière fois vers ma prison. Murs, sol et plafond ont disparu sous les peintures, témoins muets de mes nombreuses évasions.

À CONTRE COURANT

Christian Siguié

Xiao Yan remontait d'un pas décidé la somptueuse avenue *Munan*, où se sont mixés en un siècle jardins chinois et toitures occidentales, érigés désormais en nouveaux symboles de sa ville. Ce décor harmonieux ne soulageait pas pour autant son anxiété de retrouver ses parents, qu'elle aimait par-dessus tout. Les souvenirs de jeune fille qu'elle avait conservés de leur maison familiale lui étaient particulièrement délicieux et la cuisine qu'elle avait apprise de sa *Mama* lui valait toujours aujourd'hui les compliments dûment argumentés de ses convives. Ses inquiétudes étaient d'une bien autre nature, liées à un sujet resté tabou, ou plutôt *jihui*, que ses parents avaient reporté jusqu'ici, insistant pour qu'elle se présente à eux sans sa famille : une mesure exceptionnelle, on en conviendra.

À l'ouverture de l'ascenseur, les couleurs tamisées de « l'appartement du Ciel », situé au 5e étage de l'immeuble parental, lui rappelaient ce temps où, petite fille, il lui fallait escalader une chaise pour apercevoir plus bas l'ancienne résidence de Sun Dianying à la sinistre réputation de pilleur de tombes.

Cette fois, sa mère et son père l'attendaient sur le seuil de la porte, tandis qu'un fumet de porc trahissait la cuisson des *jianbing guozi*, les crêpes traditionnelles de Tianjin, garnies de saucisses de porc pour l'accueil d'invités de marque ou les grandes occasions. La politesse la plus élémentaire voulait que Xiao Yan s'enquière d'abord de la santé de ses parents : avaient-ils toujours bon appétit ? Sortaient-ils aussi souvent à pied dans le quartier de *Heping*, où ils aimaient pratiquer ensemble de longues séances de *Qi Gong* ? Leurs amis revenaient-ils toujours régulièrement leur rendre visite ?

Les deux parents s'attachaient en retour à la rassurer, mais leurs réponses empressées ne faisaient que renforcer les craintes initiales de Xiao Yan: « *bu shi, dan bu shi* » : « mais non, mais non ».

C'est alors que s'invita d'elle-même la question du « Bâtiment du Soleil », ainsi nommé en raison de son exposition plein sud. Légèrement en retrait de l'allée principale, il faisait l'objet depuis plusieurs mois de transactions discrètes entre ses résidents et les autorités locales qui avaient finalement acté sa destruction pure et simple dans le cadre du programme national « Jeunesse d'Avenir » destiné à accueillir les futurs ingénieurs du pôle Robotique, prochaine gloire annoncée de la ville.

Le père de Xiao Yan enchaina alors naturellement sur la nouvelle extension que venait de prendre ce programme : tous les occupants de l'immeuble avaient en effet reçu un avis les informant de la prochaine conversion de leur bien commun. Leur active participation à « Jeunesse d'avenir » était sollicitée : tous avaient été conviés à d'incontournables séances de réflexion et programmation de la nouvelle vitrine futuriste de Tianjin, à vocation internationale, voire interplanétaire, disait-on.

Xiao Yan écoutait son père avec une fascination retenue pour le progrès qui jaillirait bientôt de « l'appartement du Ciel », au profit de leur ville et de leur nation. La liste des projets attendus de cette renaissance architecturale, semblait infinie. En proportion, le montant annoncé de 8 000 Yuans (RMB) par foyer semblait dérisoire, et les délais de mise en œuvre, évalués à dix mois, bien contraignants.

Lorsque Xiao Yan voulut savoir si une alternative existait, la réponse de ses parents se voulut encore une fois apaisante : « *bu shi, bu shi* »... sans parvenir à rassurer Xiao Yan pour autant, au contraire. Xiao Yan comprenait là que la proximité du quartier de Heping, tout comme la vue sur la résidence de Sun, ne seraient bientôt plus que doux souvenirs pour sa famille. En tant que fille aînée, il lui incomberait d'organiser le déménagement de ses parents : mais où, comment, et avec quels moyens ?

C'est alors que lui revint ce fameux dicton que lui avait enseigné ses parents jadis : « Dans un bateau qui navigue à contre-courant, qui n'avance pas recule ». Elle se ressaisit alors, soudainement éclairée : les experts attendus sur le nouveau pôle Jeunesse d'Avenir, auraient bien besoin de développer de nouveaux services pour accueillir les nouveaux résidents du quartier. Les anciens étaient aussi les plus écoutés aux réunions mensuelles du comité *Shequ* chargé de la surveillance du quartier. Là était son salut : pourquoi tout reconstruire lorsqu'on peut s'adapter ? Ainsi rassérénée, Xiao Yan venait d'élaborer son plan : après avoir pris congé de ses parents, elle reprit lentement le chemin de son domicile. Dès demain, elle chercherait le poste d'assistante qui lui assurerait la proximité de tous les siens… et peut-être même que ses parents y gagneraient une formation en robotique. Demain encore, la chance ne manquerait pas de sourire aux esprits préparés…

JEU DE PISTE EN FORÊT

Bernard Conseil

Cette forêt tropicale dans laquelle je m'engage est magnifique : d'immenses arbres sous un ciel lumineux, toutefois l'ambiance est très humide. Ici, il n'y a pas de climatisation ! Je marche d'un bon pas au rythme du balancement de mes bras. Partout où je lève la tête, je vois des cimes extraordinaires percer la canopée et lorsque je la baisse une luxuriante végétation de sous-bois s'offre à mon regard. J'entends de partout des chants d'oiseaux et d'autres cris d'animaux.

J'aperçois quelques petits singes qui se courent après dans une folle poursuite. Un peu plus tard, je découvre les couleurs chatoyantes d'un oiseau qui s'échappe d'un bosquet puis ce dernier s'envole et se pose sur une haute branche. La vie sauvage en forêt, quelle merveille ! Cela me change de la vie animale de mon immeuble : des rats qui courent dans la cave et des cafards qui zigzaguent dans la salle d'eau ! Rien à voir non plus avec le marché de la ville où tous les animaux sont enfermés dans des cages !

Quelques minutes plus tard, je remarque un ruban rouge accroché à un tronc au niveau d'un petit chemin qui s'enfonce sous les taillis. Je m'y engage : le rouge est la couleur qui m'a été attribuée pour ce jeu de piste. Quant à mon copain Wang, c'est le bleu et pour Lee, c'est le jaune. Je suis chanceux, le rouge est une couleur facile à repérer, qui ne se confond ni avec le ciel ni avec une feuille morte. C'est la couleur du bonheur, mais c'est aussi celle de la révolte.

On devrait se retrouver à la fin de ce jeu de piste, activité menée cet après-midi. Ce sera l'opportunité d'oublier la grisaille de notre environnement quotidien, et de retrouver l'esprit de la forêt qu'ont connu nos ancêtres. Ce sera surtout pour nous, les forcenés du travail scolaire, l'occasion d'échapper un instant à nos obligations. C'est notre façon à nous de résister à cette société du surpassement de soi et de la compétition féroce entre tous.

Le chemin a tendance à se rétrécir et j'ai du mal à le suivre. Enfin, sur le sol, la couverture d'un petit livre rouge attire mon regard et me confirme que je suis sur la bonne voie. Au moment où la trace se divise en deux, un petit papier rouge jonche le sol, je reconnais l'emballage d'un gâteau surprise. Plus loin, à un autre embranchement, je note un chapelet de petits cailloux. Je suis mon intuition, d'autres chapelets de petits cailloux confirment mon choix, mais ils deviennent de plus en plus rares. Bientôt, il n'y en a plus aucun.

Je poursuis au petit bonheur la chance et me heurte à une végétation de plus en plus dense. Un instant, je m'imagine approcher du château d'une belle princesse prisonnière d'un méchant dragon crachant des flammes.

En fait, je découvre une cabane recouverte de branchages, à l'intérieur un bébé tigre ! Il prend la fuite à mon arrivée. Horreur, ses parents ne doivent pas être bien loin ! Je sers alors dans ma main droite l'arme qu'on m'a confiée avant le départ du jeu de piste. On m'a recommandé d'être parcimonieux avec mes tirs, je n'ai droit qu'à six coups. Je m'écarte rapidement de la cabane et me réfugie derrière un large tronc d'arbre en attendant d'y voir plus clair. Des nuages couvrent le ciel, la lumière ambiante faiblit et hélas toujours aucun signe de mes copains. On nous avait pourtant promis que nos pistes se croiseraient cet après-midi.

Soudain, je découvre au-dessus d'un taillis à quelques mètres de moi une forme bleue. Serait-ce un des signes de la piste de Wang ? Est-il déjà passé par là ? Est-il en retard ou en avance sur moi ? En détaillant plus minutieusement l'objet, je découvre avec stupeur qu'il s'agit de la casquette d'un policier ! Nos enseignants nous auraient-ils dénoncés aux autorités ? Nous aurions dû laisser nos téléphones portables chez nous, maintenant nous sommes géolocalisés. Brutalement, la casquette se met en mouvement et un policier en uniforme, sort du fourré. Il me fait un signe menaçant et s'apprête à me barrer la route. Je pointe immédiatement mon pistolet sur lui et tire un coup de laser. Il est pulvérisé, ne reste de lui que son couvre-chef bleu tombé au sol.

Le soulagement est de courte durée, le tir s'est avéré très lumineux. Il pourrait indiquer ma position aux parents du bébé tigre. Eux, je les avais totalement oubliés ! De plus mon acte de résistance pourrait me coûter très cher, s'il se retrouvait enregistré dans les *big data*.

Soudain tout est noir, je ne vois plus rien alors qu'une patte s'abat lourdement sur mon épaule. Je pousse un cri de terreur et me retourne instantanément pointant mon arme sur ce que je crois être un tigre. C'est alors que je reconnais la voix de celui qui m'avait expliqué le fonctionnement du pistolet laser en début du jeu de piste.

- Du calme jeune homme, la partie est finie. Veuillez retirer votre casque de réalité virtuelle ainsi que vos écouteurs.

Des contes

Les contes, témoins vivants de la Chine ancienne, précieusement rapportés de génération en génération, ces récits d'événements imaginaires nous révèlent par images la Poésie et la Sagesse qui se dégagent de la culture orientale dans son ensemble. La morale dont ils s'inspirent est certes familière à l'Occident, mais s'appuie sur des symboles et des légendes de sources bien différentes.

LE PRINCE DES TORTUES

Yveline Canal

Il était une fois un jeune garçon nommé Wan Yi, rêveur incorrigible. Il faisait le désespoir de ses parents. Il se lassait de toutes les activités qu'on lui proposait, se laissait emporter par les nuages, le vent, la pluie, le chant des insectes, le sifflement des oiseaux. Il ne réussissait pas à l'école, il ne s'intéressait pas au commerce et encore moins aux travaux manuels, son destin n'était pas tracé !

Ce jour-là, il était au bord du ruisseau, il devait pêcher, enfin essayer, sa famille lui avait demandé de subvenir au moins à ses propres besoins alimentaires. Mais les poissons ne se montraient pas coopératifs, ils refusaient de mordre à l'hameçon. Pour couronner le tout, sa ligne s'était coincée au milieu du ruisseau. Les jambes de son pantalon relevées, il pataugea jusqu'au gros rocher éclaboussé par des vaguelettes mousseuses. Une grosse tortue à carapace molle était coincée dans les grandes herbes. Quelle chance, les tortues étaient rares et se revendaient très bien au marché. Pour une fois il ne reviendrait pas bredouille !

Il avait bien mérité une petite pause. Le dos calé contre un rocher, il fermait les yeux. Dans son vivier la tortue s'agitait. Lui il dormait et rêvait.

La tortue lui parlait : « Je suis le prince des tortues, libère-moi ! Je ferai de toi l'homme le plus puissant de la Chine et même de la Terre. Tu pourras te venger de tous ceux qui te déconsidèrent. Tu leur feras baisser la tête partout où ils iront, même le grand Timonier n'a pas réussi à faire çà. Tu deviendras très riche, aimé, envié. Tes parents seront fiers de toi. Relâche-moi ! Relâche-moi !

À ce moment le garçon se réveilla, la tortue dans la nasse ne bougeait plus. Il l'a prise, l'a posée dans le creux de son bras replié. De son autre main doucement il l'a arrosée. La tortue remua les pattes et sortant la tête elle le pinça très fort, avant de prendre la fuite dans le cours d'eau.

Fichue tortue ! Un brin en colère, Wan Yi ramassa son matériel de pêche et se décida à rentrer chez lui. Très mal accueilli à la maison, il s'enferma dans sa chambre. Le soir, un conseil de famille avait lieu dans le salon. Son père, sa mère et ses frères décidaient de l'envoyer loin de Taïwan, chez un oncle en Amérique. Cet oncle possédait une petite entreprise de réparation en électroménager. C'était presqu'un bannissement !

Pendant les quelques mois de latence précédant l'obtention du visa, notre garçon prit des cours d'anglais. Il commença même à s'intéresser aux activités de ses parents en leur donnant des conseils judicieux sur la façon de mettre à profit les propositions de la Chine Continentale et investir dans des usines du nord-ouest.

Son installation en Californie le dérouta un peu. Contre un lit et des repas, son oncle lui demandait de dépanner et réparer tout ce qui pouvait l'être ! Les journées n'étaient pas assez longues pour honorer toutes les commandes, d'autant qu'il devait suivre des cours du soir, et s'occuper des ventes au magasin. Pour lui l'Amérique se résumait à l'aéroport et à cette arrière-boutique qui lui servait aussi de chambre. Pas de place pour des amis ou des vacances. Mais il avait découvert un univers : les ordinateurs et les téléphones portables. Il était très fort pour réparer tout ça et même son oncle commençait à reconnaître qu'il lui faisait gagner de l'argent.

Les années passaient et notre garçon s'impliquait de plus en plus dans les affaires de son oncle vieillissant. Les clients nombreux, ne regardaient pas à la dépense, même si ces nouveaux téléphones encore peu répandus étaient coûteux. Ce jour-là, il devait passer une commande à l'usine de fabrication pour avoir des pièces détachées et les nouveaux appareils convoités par les clients. On lui répondit qu'il ne serait pas livré avant plusieurs mois, faute à une rupture de stock. Furieux mais décidé, il demanda une entrevue au directeur du site. Bon client il fut reçu peu après. Il indiqua que ce genre de retard de livraison ne donnait pas une très bonne image de la marque, du produit et du sérieux de l'entreprise. Son interlocuteur lui demanda s'il avait des solutions. Bien sûr, Wan Yi en avait des solutions, des millions de solutions, grâce à la dextérité des Chinois, leur facilité d'apprentissage, et surtout au coût peu élevé des salaires, les produits pourraient être fabriqués à une échelle internationale.

Et c'est ainsi que notre garçon commença à faire fabriquer, en Chine, les principaux composants d'une célèbre marque américaine de téléphone. Les usines de son père, reconditionnées avec une aide financière, tournaient à plein régime, inondant tous les marchés, y compris le marché Chinois !

Devenu un homme, Wan Yi, s'installa à Taïwan, adulé et riche. Comme l'avait prédit le Prince des tortues, il était devenu très puissant et faisait baisser la tête à des millions de personnes : les jeunes, les vieux, les femmes, les hommes, les enfants, ils avaient tous la tête penchée sur leur téléphone ! Ce que le Grand Timonier n'avait pas réussi à réaliser, lui, il l'avait fait !

Assis au bord de son petit ruisseau, Wan Yi caressait l'endroit de son bras là où la tortue l'avait mordu, c'était devenu une petite tache brune qui ressemblait … à une pomme !

L'ENFANT ET LA JUMENT BLANCHE

Daniel Gorans

Xiao Wuban, ses cinq sœurs et leurs parents vivaient pauvrement sous le règne de l'Empereur Yongle, durant la dynastie des Ming.

Xiao Wuban, à peine âgé de neuf ans, savait déjà s'occuper des chevaux. Son père travaillait dans l'écurie d'un riche mandarin. Il lui avait appris les rudiments de son métier de palefrenier avec l'espoir qu'il lui succèderait le moment venu. Il avait découvert que son fils avait un don particulier, comme si les chevaux et lui se comprenaient. Il était capable de mener à l'écurie l'étalon le plus fougueux sans violence ni contrainte.

Un jour, la résidence du mandarin fut pillée puis incendiée par une bande de brigands. Peu survécurent. Xiao Wuban s'en sortit miraculeusement mais fut emmené en captivité par les brigands. Ils s'aperçurent vite de son habileté avec les chevaux et purent le vendre un bon prix à un général en partance pour commander la garnison de Simataï, sur la Grande Muraille.

L'officier, sévère et cruel, était très fier de posséder une superbe jument blanche qu'il était le seul à pouvoir monter sans se faire désarçonner. Il l'avait acquise au cours d'une campagne menée contre les barbares de l'extrême ouest de l'Empire et dressée à coups de cravache, lui infligeant de nombreuses blessures de ses éperons. Il voulut vérifier ce que le chef des brigands lui avait dit : il mit au défi Xiao Wuban d'apprendre à la jument à danser au son de la flûte *xiao* pour distraire les soldats de la garnison. Il disposerait de trois jours. Faute d'y parvenir, il serait précipité du haut du poste de guet le plus élevé. S'il réussissait, il l'accompagnerait à la cour de Yongle pour montrer de quoi la belle jument était capable. Le général espérait ainsi obtenir les faveurs de l'empereur et une belle promotion.

Xiao Wuban fut enfermé dans un enclos avec la jument, une flûte de bambou et juste de quoi se nourrir durant trois jours. Il était désespéré, persuadé d'avoir à subir bientôt une mort atroce. Il s'assit et se mit à pleurer en silence. Tout à coup il perçut le souffle chaud de la jument près de son oreille. Elle lui fit comprendre ainsi de ne pas perdre espoir. Il se releva, la caressa et lui chuchota quelques mots doux. Il se saisit de la flûte et en tira des sons plutôt mélodieux. La jument s'agenouilla pour le laisser monter. Il continua à jouer, elle ébaucha quelques pas en rythme…

Le soir du premier jour, le général vint rendre visite à sa jument. Elle broutait dans un coin de l'enclos indifférente en apparence à la présence du jeune garçon assis non loin d'elle, l'air profondément triste. Après avoir flatté l'encolure de la jument, le général s'approcha du garçon, le frappa de sa cravache et l'insulta copieusement car il ne s'était pas levé pour le saluer. La jument se cabra légèrement, ce que le général prit pour une approbation puis il quitta l'enclos.

Le lendemain, dès le point du jour, l'enclos résonna des airs de flûte accompagnés du bruit des sabots. L'enfant et la belle monture semblaient ne faire qu'un tant leurs déplacements étaient gracieux. Par moments tout se passait comme s'ils dialoguaient : il prononçait quelques mots, elle répondait par des sortes de grognements proches de doux hennissements. Ils avaient manifestement du plaisir à être ensemble…jusqu'au moment où le général fit irruption. Il avait observé de loin les progrès de sa jument et voulait la faire danser lui-même. Il ordonna au garçon de lui laisser sa place à cheval et de continuer à jouer de son instrument. La jument s'immobilisa et refusa d'ébaucher quelque mouvement que ce soit malgré les coups d'éperon et de cravache de son maître. Furieux, ce dernier descendit pour s'en prendre à l'enfant. Il lui reprocha d'avoir un savoir secret dont il pourrait peut-être user contre lui. Il jura que la mise à mort aurait lieu dès le lendemain soir si la situation restait la même.

Les deux amis dormirent fort mal et finirent par élaborer un plan pour le troisième jour. Tout se passa comme si de rien n'était jusqu'à l'arrivée du général. Il fit tomber les lourdes chaînes qui fermaient la porte de l'enclos et tomba aussitôt à la renverse, bousculé par sa jument sur le dos de laquelle était installé Xiao Wuban. Les deux complices filèrent au grand galop vers le pays de naissance de la jument, la frontière la plus occidentale de l'Empire. Elle avait convaincu l'enfant que là-bas ils pourraient être libres de vivre comme ils l'entendaient. Le général tenta en vain de les rattraper, aidé de ses meilleurs cavaliers qui, lassés de sa cruauté, se débarrassèrent de lui au plus profond d'une épaisse forêt.

UN AIR DE SONG

Claudine Ricaud

Sous l'ère Song vivait un jeune paysan illettré très pauvre, d'une vingtaine d'années, nommé Wang Feng. C'était un garçon courageux et travailleur. Il était aimé de tous car il aidait chacun dès qu'il le pouvait. Cependant les maigres récoltes de l'année ne suffisaient plus à nourrir sa famille. Un matin, il reçut un courrier de son oncle Cheng. Celui-ci lui proposa de venir le voir pour l'aider à trouver du travail dans la grande ville voisine de chez lui. Il rassembla alors quelques affaires et se mit en route.

Il avançait d'un bon pas sur le chemin lorsque, au bout de seulement quelque *li*, il entendit des plaintes. Il s'arrêta et découvrit un voyageur blessé, étendu au bord du chemin. Il dut le porter tout un jour sur son dos jusqu'au plus proche village afin qu'il fût soigné. Arrivé à destination, l'homme le congédia sans le moindre mot. Wang en fut étonné. Il reprit sa route.

Plus tard il trouva assis sur un gros rocher un vieillard épuisé. Il lui proposa un peu de ses maigres réserves de nourriture et d'eau. Mais celui-ci les engloutit toutes et quand il alla mieux se leva et partit sans se retourner en grommelant. Wang en le regardant s'éloigner trouvait bien curieuses ces façons. Il reprit rapidement son chemin.

Au bout de plusieurs jours, épuisé, affamé, il arriva enfin chez son oncle. Celui-ci fut très heureux de le revoir. Il lui fit préparer un bon repas où ils burent tout leur soûl en discutant. Il lui suggéra d'aller voir un de ses amis de la ville voisine qui lui proposerait un travail.

Lorsqu'il prit congé, le soleil déclinait déjà derrière les montagnes. Rapidement le brouillard l'égara. Et complètement ivre, il glissa le long d'un gros talus et s'endormit. À son réveil, il ne vit que la pâle lueur de la lune et des buissons touffus. Il ignorait en quel lieu il se trouvait. En se levant, il s'aperçut que sa cheville lui faisait mal. Tout en prenant appui sur une branche solide, il envisagea alors un sentier qu'il n'avait pas vu auparavant et s'y engagea.

Il arriva devant une somptueuse demeure encadrée de cinq saules. Il frappa à la porte et un domestique le fit entrer dans un intérieur d'un luxe raffiné. Quelques instants plus tard apparut la propriétaire. Parée de riches habits elle accueillit Wang chaleureusement. «Je m'ennuie tellement dans cette maison. J'espérais la venue d'un ami avec qui parler et vous voilà devant moi.»

Elle fit apporter à Wang des mets délicats et l'installa confortablement. La blessure de Wang nécessitait du repos. Il accepta de rester à la demande de son hôtesse. Durant sa convalescence, elle lui apprit à lire et lui fit découvrir une multitude de contes que Wang ne se lassait jamais de lire ou de relire.

Mais une fois guéri il fut temps pour lui de repartir. Alors qu'il s'éloignait, Wang croisa en chemin un joyeux cortège accompagné de musiciens.

Arrivé en ville, il découvrit le même cortège entrevu la veille. Stupéfait, Wang y reconnut son hôtesse accompagnée de son oncle qui le saluèrent en souriant.

Son oncle dit alors: «Hier après ton départ j'ai appris qu'un grand-père très malade a réussi miraculeusement à traverser seul la forêt. Un autre, blessé, put se faire soigner rapidement. On me dit que tu les as sauvés». À cet instant Wang ne put s'empêcher de leur faire part du comportement étrange du vieillard et de cet autre homme blessé, qu'il avait croisés en chemin.

La femme ajouta alors doucement: «Wang, il est temps de te révéler notre secret. Il y a vingt ans, pour empêcher notre mariage, un sort m'a tenue isolée du monde et de ton oncle que j'aimais tant. Sous le prétexte de te proposer un travail, il t'a choisi pour tenter de rompre ce sortilège. Pour arriver jusqu'à ma demeure, seule une personne généreuse pouvait dénouer ce sort. Tu as rencontré les fantômes de la colline de l'Ouest, les as aidés et ainsi permis de me libérer. Ma reconnaissance est infinie.» Ravi et ému par leurs retrouvailles, ils donnèrent ensuite à Wang une coquette somme d'argent pour subvenir aux besoins de sa famille.

Sa bonne fortune ainsi faite Wang retourna dans son village et y vécut très heureux. Mais jamais il ne revit ni son oncle ni sa compagne. Il essaya de retrouver la somptueuse demeure maintes et maintes fois, et lorsqu'il crut enfin reconnaître avec certitude les lieux, il découvrit dissimulée, entre cinq saules, une malle remplie de contes que, dit-on, on lit ou raconte toujours aujourd'hui.

LES BONS CONTES FONT LES BONS AMIS
MÊME EN PRISON

Christian Siguié

« *567 jours !* » s'exclamait Xiao Qiù à son réveil : cela faisait un an et demi qu'il n'avait pas quitté cette cellule de Hǔ Lóng, la sinistre prison surnommée « Cage aux tigres » au nord de Pékin.

Il y avait déjà vu défiler tant de monde : de rares indics du Parti y avaient même séjourné pour un jour ou deux, là où la plupart de ses co-pensionnaires croupissaient des mois, voire bien davantage.

Tous affichaient de grands yeux étonnés en franchissant le seuil de la geôle, dont Xiao Qiù était devenu le respectable doyen. Jetés à même le sol brut de ciment, ils trouvaient dans leur station allongée le répit dont ils avaient été privés depuis une arrestation aussi dramatique que traumatisante.

Xiao Qiù se souvenait aussi avoir partagé quelques semaines son triste sort avec l'ancien ministre du Commerce Bo Xilai et d'autres célébrités déchues dont la décence interdirait de trahir le nom. Au-delà de leur espace privatif, ces trois-là avaient été surnommés « les fantômes », car nul ne savait trop bien ce qu'ils étaient devenus depuis. Comme tant d'autres, ils quittaient juste un peu plus égarés ce résidu de déchéance humaine.

De leur arrivée à leur départ, les compagnons d'infortune de Xiao Qiù ne pouvaient se soustraire aux brimades physiques et morales qui leur étaient régulièrement assénées. Sa soixantaine bien conservée et sa réserve indéfectible semblaient avoir préservé toutefois Xiao Qiù de l'ire de ses gardes, jusqu'ici du moins. À chaque coup, chaque invective, Xiao Qiù détournait les yeux, moins par peur ou dégoût que par Foi pour l'humanité, à laquelle il voulait se raccrocher, au cœur même de cet enfer terrestre. Sa compassion était heureusement communicative : son expression effacée avait à plusieurs reprises permis d'empêcher l'humiliation de trop. Les gardes laissaient alors Xiao Qiù relever un nouveau compagnon gisant, ou lui donner un peu d'eau.

Xiao Qiù s'étonnait pourtant de la faveur dont il bénéficiait, qu'il ne devait à aucune compromission de sa part. Lui qui ne se souvenait plus de ce qui lui avait valu ce sort, avait appris à faire de cette prison « sa » maison, et de ses colocataires imposés ses convives. Ainsi soulagés dans leur esprit et dans leur corps, ces derniers cédaient tôt ou tard à leur curiosité, puis se confiaient enfin. Les détails trop personnels attendus par des oreilles adverses étaient déguisés en de petites histoires, propres à faire oublier l'austérité des lieux qu'ils partageaient. À l'usage, leurs récits prirent la forme de petits contes et Xiao Qiù s'efforçait d'écourter les siens avec le plus grand soin, jusqu'à pouvoir les lire d'une traite à son compagnon de chambrée, voire à d'autres codétenus plus éloignés. Xiao Qiù prit ainsi plaisir à déclencher les sourires amusés et les rires francs de son public de circonstance.

Il arrivait aussi que ces éclats de dignité retrouvée traversent les murailles les plus épaisses, et parviennent à déclencher par vagues l'hilarité de tout un étage. Xiao Qiù ressentait alors la fierté d'un chef d'orchestre ! Tout comme lui, il codait aussi ses partitions littéraires d'un simple numéro, destiné à en favoriser la mémorisation. Ainsi le conte de son 2ème mois de cellule portait le n°63, celui du 6ème mois qu'il avait cru plus chanceux : le n°248 et celui du jour recevrait le n°567 !

Xiao Qiù rassembla ses esprits pour tenter de donner du sens à cette suite numérique d'exception. Il se souvint alors du cheval Long Ma : un magnifique étalon que son voisin fermier peinait à retenir. Et pour cause : il était né du croisement d'une tranquille jument avec un futur champion du saut d'obstacles encore anonyme. Son patrimoine génétique prédestinait Long Ma à franchir d'épaisses haies de deux mètres de haut ! En outre, la période des chaleurs printanières ressenties par les juments de l'enclos voisin… décuplait ses forces, et plus rien ne retenait alors le fier reproducteur.

Le mur du poulailler mitoyen n'avait d'ailleurs pas résisté à la belle œillade d'une pouliche furtivement aperçue entre deux voltiges. Un bélier trop inquisiteur s'était vu happer d'un coup de museau, puis relâché –tel un pantin désarticulé– de l'autre côté de la clôture. Il fallut aussi de longues heures aux fermiers du village, pour battre la campagne jusqu'à raccompagner le mâle à son *paddock*.

À cette étape de son histoire, qui n'était pourtant qu'une simple anecdote à ses yeux, Xiao Qiù sentit que ses souvenirs d'une liberté équestre bien réelle, avaient capté son auditoire. En plein jour, tout Hǔ Lóng l'écoutait dans le plus grand silence. Xiao Qiù poursuivait alors sur un ton amusé la description de la folle course de « sa » bête. Il racontait encore comment une douzaine de fermiers-surveillants furent appelés à la rescousse, tandis que le hardi cheval avait foulé de ses sabots la route principale en direction de Pékin. Cette scène eut le don de faire rire aux éclats tous ceux qui se l'imaginaient, jusqu'à l'aile opposée de la prison. Xiao Qiù décrivit alors comment l'équidé avait tenu tête à l'escouade qui lui était opposée… l'obligeant même à rebrousser chemin.

La prison tout entière résonnait à présent des commentaires ironiques de ses pensionnaires.

Dans un éclair de lumière, la porte de la cellule s'ouvrit alors, avant même la fin du récit « 5.6.7 » de Xiao Qiù. « *Tíngzhǐ* : Stop ! » venait de crier le jeune garde, qui avait soudain déboulé dans le cachot, pour la première fois à visage découvert. Xiao QI se surprit à le reconnaître sans peine : c'était celui de son voisin d'avant-Hua Longe… Lui aussi se souvenait bien de l'étalon qu'il avait tenté de ramener à bon port avec sa douzaine d'acolytes : à trois doigts de son insigne de Volontaire de la Révolution, sa joue droite arborait encore la balafre d'une triple morsure, telle une blessure de guerre.

Et d'autres nouvelles

« La Chine est un très grand pays », avons-nous appris dans nos manuels scolaires. Il serait illusoire d'en faire le tour en 32 micronouvelles… mais nous serions heureux si ce rapide tour d'horizon vous donnait aussi envie d'écrire quelques lignes.

欢迎 / Huānyíng : Bienvenue !

TOUT CE QUI BRILLE N'EST PAS D'OR

Yveline Canal

Ma Hong Ko vit depuis soixante-dix ans dans ce quartier de Paris. S'il est connu de ses compatriotes chinois, il l'est encore plus des Français qui le côtoient depuis si longtemps. Il avait un atelier de maroquinerie rue des Gravilliers. Tout au long de la journée, il découpait, cousait des morceaux de cuir pour en faire des portefeuilles. Les dernières années, il avait du mal à les vendre, faute aux importations chinoises si nombreuses et si peu chères. Pourtant il y avait une grande différence entre les produits ! Tous ses portefeuilles étaient « fini-main », les feuillures étaient peintes, et les passes-vues pour les permis de conduire étaient cousues ; ses portefeuilles étaient inusables et surtout réparables !

Aujourd'hui il ne travaille plus. Les Français disent que les pensions de retraite sont trop petites pour vivre décemment. Lui, il trouve ça bien, il n'a pas besoin de grand-chose, et il a peu de frais.

Le mois dernier, une télévision est venue pour l'interviewer. Il a eu du mal à comprendre leur langage du Nord. Heureusement les jeunes voisins étaient là pour l'aider à répondre. On lui a demandé de parler de son village en Chine, de son enfance, de son départ et de ce long voyage jusqu'à Paris.

On oublie les années de misère et de guerre, avec un seul repas par jour. Puis une femme, des enfants et des petits enfants. Pas de vacances, toujours le travail et encore le travail. Il raconte Ma Hong Ko et quand les mots manquent, ses yeux malicieux prennent le relais de la parole. Ils lui ont demandé son âge !!! Ah ! Les jeunes, vos parents ne vous ont pas appris que ce n'est pas poli de demander son âge à un grand-père ?

Le film a été diffusé dans le monde entier. Ma Hong Ko a du mal à comprendre que cela puisse intéresser quelqu'un. Des lettres de tous les pays sont arrivées à son domicile, il est devenu une vraie vedette. Il parait que beaucoup de chinois veulent aller visiter son petit village. Il va falloir qu'ils marchent, il n'y a pas de routes pour aller là-haut ! Peut-être que lui pourra y mourir et être enterré dans la montagne à côté de ses parents. Il se souvient de Ma Hong Ko, de la chaleur des pierres plates qui mènent au village, du vent qui fait frissonner les bambous, des lavoirs pour fabriquer le papier, du petit temple à mi-parcours, des cousins qui jouent dans le ruisseau, pendant que les mères lavent le linge. Il se souvient de l'école dans la vallée, il se souvient du départ de son cousin et son désir de le retrouver. Mais tout est si loin et il est si vieux. Les journalistes ont dit : « c'est le plus vieux Chinois de Paris ! »

Aujourd'hui, le vieux Chinois doit aller voir le médecin. Ma Hong Ko se prépare soigneusement, sa fille va venir le chercher. Il enlève son alliance, la chevalière et le bracelet qui protège des maladies et de la pauvreté. Il dépose le tout dans le cendrier en plastique jaune à côté des roses en tissu, un peu poussiéreuses. Quand les grands magasins lui commandaient encore ses portefeuilles, il avait acheté ces bijoux en or 24 carats.

Comme ses parents et grands-parents il savait que cet investissement était un rempart contre tous les malheurs que la guerre ou la famine peuvent apporter. Et puis après sa mort les enfants en profiteraient. L'or il n'y a rien de mieux pour faire de l'argent !

Le taxi est en bas, Ma Hong Ko laisse sa Rolex chinoise avec les bijoux, un dernier regard au petit miroir de l'entrée, il est prêt.

Le médecin est jeune, il ne comprend pas que Ma Hong Ko soit si fatigué. Il faudrait faire un régime, pas de graisses, pas d'alcool. Ma Hong Ko le sait bien, il est sur le versant descendant de la colline.

Sa fille le ramène devant son immeuble avant de rentrer à Nanterre. Au deuxième étage, la porte de l'appartement est ouverte, Ma Hong Ko s'approche le cœur battant. Désolation : tout a été vidé, l'armoire, le lit, la pharmacie. Ma Hong Ko appelle à l'aide. Les voisins arrivent et le soutiennent pour rentrer dans ce capharnaüm. Chacun essaye de redresser au mieux cet univers fracassé. Lui, impassible, remet son alliance, sa chevalière et son bracelet porte-bonheur.

-   Grand-père il faut faire venir la police !
-   Non, Non ! Ils ne m'ont pris que ma montre ! Rien de grave !

Les bijoux en or chinois sont tellement jaunes, ternes et fragiles qu'ils peuvent être pris pour de la pacotille par des voleurs non-initiés !

MONSIEUR NIU,
UN HABITANT PARMI D'AUTRES

Daniel Gorans

Des volutes s'élèvent entre les arbres qui garnissent les collines alentours. La pluie a été abondante cette nuit. Un soleil printanier tente de sécher les toits des maisons de bois trempées, blotties les unes contre les autres. Suivant une ruelle, je m'éloigne du village, accompagné comme à l'accoutumée, pour me rendre à mon poste de travail. Je jette en passant un regard mi amusé mi méprisant aux canards affairés à barboter et à plonger de temps à autres en quête de leur pitance. Un coq salue notre passage puis reprend la surveillance jalouse de ses compagnes. Nous avançons désormais sur une sente étroite, entre deux plans d'eau, amorce de rizières étagées jusqu'au bas de la vallée. J'ai beau connaître ce paysage depuis ma plus tendre enfance, il m'enchante toujours autant surtout les jours où, comme aujourd'hui, formes et couleurs sont estompées par la brume.

Je suis considéré comme un *Miao* malgré la couleur sombre de ma peau. Ma famille vit dans l'une des plus belles maisons du village, situé au nord de la région du Guangxi, tout près de la frontière d'avec le Guizhou. Cette demeure comporte trois niveaux. Au premier étage, une vaste véranda ouverte à tous vents offre une vue sur la vallée, du moins quand la brume fait place au soleil. Le linge y sèche et, lorsqu'une chaleur suffisante le permet, les repas y sont pris. J'ai surpris quelques conversations laissant entendre que les maisons devraient être remplacées, tout ou partie, par des constructions en parpaings ou en briques : il y a eu plusieurs incendies ces dernières années, des habitants sont morts brûlés dans leur demeure.

Je suis logé, au rez-de-chaussée, entre l'entrée et la cuisine. C'est sombre mais spacieux et me convient tout à fait. J'ai plaisir à assister à travers une petite ouverture, à la préparation des repas : quelques branchages secs posés à même le sol, légèrement creusé à cet endroit. Puis les flammes, contenues par des pierres disposées en cercle, éclairent la pièce. Les ombres se mettent à danser sur les murs, projetées par les objets disposés çà et là. Deux ou trois femmes faisant partie de la maisonnée s'affairent dès lors autour du feu. Qui pour poser la marmite en équilibre sur les pierres, qui pour y verser l'eau fraîchement puisée, qui pour y jeter herbes et feuilles tout juste cueillies ou séchées, deux ou trois poignées de riz, un morceau de viande débité en petits cubes et, les précieuses épices.

J'aime surtout les jours où Peiyin, la fille de la maison m'accompagne. Je crois qu'elle préfère ça plutôt que se rendre à l'école, à presque une heure de marche du village. Pour s'y rendre, les chemins descendent, parfois un peu abrupts, parfois glissants, surtout pendant la saison des pluies. Le plus dur est de monter au retour. Et puis, apprendre ce que le maître d'école lui demande de savoir ne l'intéresse pas ou la décourage trop vite. Alors elle ne rechigne pas à accepter de m'accompagner lorsque les adultes ont d'autres tâches : entretenir différentes parcelles cultivées, récolter tout ce qui peut l'être, se rendre au marché, aider un parent ou un voisin à abattre et débiter les arbres nécessaires à une construction ou la réparation d'une maison, participer au conseil du village, éteindre un incendie… Le maître d'école n'apprécie pas du tout ses absences. Il est déjà venu plusieurs fois en discuter avec ses parents. Ils se montrent honorés par la visite et l'écoutent poliment en lui offrant le thé. Ils affirment faire le maximum, mais…. Quand elle est ma partenaire, je suis certain de pouvoir faire quelques pauses, m'écarter du chemin et me sustenter : elle est plus tolérante que les autres, son frère aîné ou son père par exemple.

J'ai le sentiment que ces deux-là ne me considèrent pas toujours à ma juste valeur, lorsque je peine à tirer la lourde herse dans la rizière, tous deux se moquent de moi et m'appellent « le vénérable Monsieur Niu qui fait semblant de peiner à l'ouvrage ». J'en suis vexé car, comme tout buffle qui se respecte, je ne manque pas d'amour propre.

UN JARDIN BIEN GARDÉ

Daniel Gorans

Installé depuis quelques mois à mon nouveau poste de travail dans le splendide jardin de la mairie (cela date du début de l'hiver dernier), je suis très satisfait de l'arrivée récente du printemps. J'ai remplacé au pied levé Zhang Weihua. Il a pris une retraite bien méritée. Je le vois pourtant trainer entre les massifs de fleurs et les bassins jour après jour comme s'il était encore en fonction.

De temps à autre, il me jette un regard méfiant mais reste à une distance suffisante pour empêcher toute communication entre nous. Casquette vissée sur la tête et canne à la main, il a toujours avec lui un cabas fatigué. Je le surprends parfois à y glisser furtivement une fleur ou deux, prélevée avec soin sur un des massifs colorés, plutôt de pivoines. Il ne s'y risque qu'après avoir vérifié l'absence de tout promeneur alentours. Il tourne alors la tête en tous sens de manière très professionnelle, comme on lui a appris à le faire pour pouvoir exercer son métier de gardien. Pourtant, il sait que rien n'échappe à ma vigilance et il se doute que mon indulgence à son égard sera sans limite. En effet, pourquoi déclencherais-je une alarme qui risquerait seulement de me couvrir de ridicule : chacun ici connait le vieux Zhang et son amour des pivoines, personne n'aurait envie de lui reprocher d'en rapporter quelques-unes chez lui. Il est d'ailleurs surnommé « Lao Mudan », le vieux monsieur Pivoine.

Lorsqu'il croise un fonctionnaire sorti de la mairie après sa journée de travail, il le salue cérémonieusement et échange quelques propos avec lui. Il semble tous les connaître, du plus humble gratte papier au Maire. Ce dernier est un personnage imposant dont la rondeur du visage égale celle de sa taille, les trop nombreux banquets liés à sa fonction en étant sans doute la cause. Il pourrait être pris pour un culbuto géant. Il est presque toujours accompagné de deux ou trois collègues, parfois des hommes, parfois des femmes. Tous s'adressent à lui avec déférence et cherchent à capter son attention par des propos à même de le distraire de ses lourdes responsabilités : diriger une ville dont la population vient de dépasser quatre millions d'habitants et poursuit sa croissance à très grande vitesse ne lui laisse guère de loisir !

Alors, marcher quelques minutes avant de rejoindre la confortable berline où l'attend son chauffeur et traverser le jardin en admirant les fleurs, s'extasier sur la croissance des lotus, jeter des miettes aux poissons des plans d'eau, sont des loisirs de peu d'importance qu'il peut bien s'accorder. Il aime aussi échanger quelques mots avec les habitués, ceux de ses administrés qui aiment comme lui ce grand jardin : grands parents chargés d'y promener leur petit fils ou leur petite fille, fiers propriétaires d'oiseaux dans leurs belles cages en osier, petits groupes de retraités s'adonnant à la musique ou à l'opéra, joueurs passionnés de go ou d'échecs chinois…Des pergolas disposées avec astuce leur permettent de s'abriter en cas de pluie, ou de se protéger du soleil lorsqu'il dispense une trop forte chaleur, surtout l'été.

L'animation tout à la fois joyeuse et apaisante du jardin cesse en fin d'après-midi, lorsque l'ombre de l'immense bâtiment symbolisant l'autorité municipale envahit allées, pelouses et bosquets non sans assombrir la surface des plans d'eau. Même les poissons sont impressionnés et cessent de sauter à la surface avec l'espoir de gober l'insecte qu'ils convoitent. La mairie siège dans une construction moderne de 21 étages, aussi large que haute, ornée de macarons rutilants, de drapeaux et oriflammes ondoyant à la moindre brise. Conçu selon les règles du *Fengshui* respectées à tout hasard : personne ne prendrait le risque de contrarier les croyances millénaires… Les mêmes règles ont présidé à l'agencement des jardins.

C'est peu dire que je suis fier d'être employé à garder l'espace beau et utile qui m'entoure ! Alors je m'efforce d'être à la hauteur : je mémorise tout, personnes et objets familiers ou inconnus, sûrs ou suspects. J'ai développé de grandes compétences pour identifier et signaler et je transmets en temps réel les informations au fur et à mesure que je les recueille. Croisées   avec celles de mes semblables, elles permettent chaque fois que nécessaire, le déploiement de représentants des forces de l'ordre, seules habilitées à intervenir sur le terrain. À chacun sa mission…

Il m'est interdit de quitter mon poste, situé de façon à m'offrir un large champ de vision. Dans le cahier des charges lié à ma fonction il est clairement inscrit : « doit être capable à tout moment d'observer, reconnaître et signaler et si besoin, alerter ». Je m'en acquitte de mon mieux et suis assuré d'être bien entretenu : chaque matin, juste avant l'ouverture des jardins, un employé des services techniques vient vérifier que tout est propre et en ordre de marche : il faut à tout prix éviter le risque d'interruption de mon activité de caméra de surveillance !

LE RÊVE DE LAO HU LE TIGRE

Daniel Gorans

Tout fier de succéder sous peu au bœuf, je m'endors dans la jungle du Xishuangbanna, au sud du pays où je suis né : la Chine. Bien sûr, parfois à la recherche de nourriture, je fais quelques incursions chez nos voisins Birmans et Laotiens. Personne n'oserait me réclamer quelque passeport ce soit !

Sitôt endormi, je me sens emporté dans les airs jusqu'à Xi'An, où, m'ont conté les ancêtres qui le tenaient eux-mêmes de leurs lointains ancêtres, ont régné les empereurs des dynasties Sui et Tang. Je dois y être moi-même couronné, comme tous les douze ans. Je succède à mon père, mon grand-père… Ce n'est que pour un an, mais c'est mieux que rien. J'atterris juste derrière la muraille, dans la petite cour de la porte sud. J'ai aperçu la vieille mosquée et les tours du tambour et de la cloche. J'ai aussi vu les préparatifs pour mon couronnement : tigres de baudruches aussi grands que peu ressemblants, guirlandes multicolores, bouquets de fleurs de papier, estrades pour les musiciens, portraits géants pour moi et quelques dirigeants humains. Les quatorze kilomètres du mur d'enceinte ressemblent à un immense foulard aux bords polychromes.

Je gravis quelques marches et commence à déambuler sur le chemin de ronde. Un concert de pétards m'y accueille. À

116

ma fierté s'ajoute un peu d'orgueil. C'est bon de se sentir important. Je vais présider aux destinées d'un peuple brillant, inventif et innombrable ! Mais un an seulement…il faudra attendre onze ans, si je suis toujours en vie, pour revenir… Une idée surgit : si je dévorais le lièvre, mon successeur présumé, rien ne ferait obstacle à ce que je règne à sa place l'année suivante. Étant le premier à être en place durant deux ans, je suis persuadé que même le dragon, celui qui suit le lièvre, n'oserait me chercher chicane…Alors, à moi l'éternité !

Je me réveille en sursaut au bruit des salves tirées d'un village voisin. Heureusement, ce ne sont pas des coups de fusil, seulement les pétards pour fêter le nouvel an. La faim me tenaille. Je m'étire et rugis, un lièvre détale non loin de moi. Je bondis à sa poursuite.

LE CAILLOU

Claudine Ricaud

Il repensait à cette discussion qu'il avait eue hier encore avec son vieux voisin. Cet homme lui dispensait toujours de sages conseils pour ses affaires. Aussi il ne manquait jamais de revenir vers lui lorsqu'il était préoccupé. Ce qui était le cas.

Depuis quinze ans il n'était pas retourné voir sa famille de l'autre côté de ce petit bras de mer. Les nouvelles régulières devinrent sporadiques pour ne laisser bientôt place qu'à un silence qui le laissait indifférent voire le soulageait. Il s'était ainsi détaché doucement de son village natal comme un bateau prend la mer, ses souvenirs se lissaient, s'effaçaient peu à peu, le laissant tout à ses affaires devenues florissantes.

Or voilà que depuis quelques jours son esprit n'avait de cesse de convoquer, de façon aussi soudaine qu'impromptue, son village natal et ses proches: portraits, sourires, repas, autant de souvenirs heureux. Et à chaque fois qu'il repoussait ses visions, elles revenaient alors avec plus d'intensité. Agité, dormant et mangeant peu, il se trouvait bientôt dans l'impossibilité de réaliser quelle que tâche que ce fut.

Après s'en être ouvert donc à son voisin, celui-ci lui conseilla d'aller rendre visite à sa famille sans tarder.

Avec un bagage léger préparé à la hâte, il se dirigea promptement vers le port. L'occasion d'un embarquement se fit immédiate, et durant la traversée de nombreux souvenirs l'assaillirent encore au rythme continu du balancement du bateau par la houle.

Après l'accostage, malgré cette habituelle douleur vive sous un pied, et afin de mieux goûter l'imminence de ces retrouvailles, il décida de rejoindre la maison familiale non pas par la route mais en passant par les chemins de son enfance.

Une fois traversé le vieux pont il retrouva les grands champs où un vent tantôt frais, tantôt furieux s'invitait toujours au plus loin de ses souvenirs. Il hâta encore son pas jusqu'à la forêt et se retrouva au milieu des grands pins réveillant à leur tour ses jeux d'enfant. Il avançait d'un bon pas en dépit de la douleur sourde dont il s'occuperait plus tard.

Il atteignit ainsi les larges terres vallonnées baignées de prairies qui annonçaient la proximité du village. Au loin il vit les premières maisons. La maison familiale se trouvait derrière cette solide bâtisse à deux étages. Enfin il approchait du but !

Alors que sa marche devenait encore moins douloureuse, il avança d'un pas plus rapide encore.

Lorsqu'il eut franchi le seuil de la maison familiale, des cris de joie l'accueillirent. Toute la soirée et une partie de la nuit furent l'occasion de fêter ces retrouvailles.

Le lendemain alors qu'il examinait distraitement ses chaussures usées, il remarqua un minuscule caillou fiché dans une des semelles. Logé là depuis longtemps, quinze ans peut-être, se dit-il en souriant. Se chaussant, il s'aperçut que la douleur causée par ce caillou, semblait n'avoir jamais existé. « Quelle drôle de bizarrerie » se dit-il. Et il se mit à courir dans la prairie le cœur léger.

À L'OUEST, C'EST ROUGE

Bernard Conseil

Lukang est une ville portuaire à l'ouest de Taïwan, son centre historique attire de nombreux touristes. Les rues anciennes surgies du passé plantent un décor immuable : maisons traditionnelles chinoises dans lesquelles on aperçoit un autel, des échoppes, des artisans et quelques œuvres d'art. C'est la magie des vieilles rues, comme celle où j'habite : "la ruelle aux 9 détours". Elle est construite en zigzag pour empêcher les vents d'ouest et le sable du rivage d'arriver, ainsi que le froid en hiver. Dans le passé, sa forme était aussi censée dissuader les bandits. Aujourd'hui, je ne suis pas certain que cela nous protègerait. Depuis début octobre, de nombreux avions de guerre sillonnent notre zone de défense aérienne, comme jamais auparavant. Le soleil couchant rougit l'horizon, je rentre du travail.

Une violente explosion, un vacarme assourdissant m'arrachent du sommeil, le souffle est tel que la vitre de la chambre explose. Heureusement les rideaux devant la fenêtre ont retenu les débris. Des cris proviennent de la chambre de nos deux jeunes enfants, avec mon épouse nous nous y précipitons. Il y a un trou dans la toiture, par lequel on aperçoit des trainées incandescentes zébrer le ciel. Chacun prend un enfant dans les bras. À ce moment-là, un autre coup violent est asséné à la charpente, tremblants de peur, nous nous précipitons vers le rez-de-chaussée. Sans électricité, à tâtons dans l'obscurité, nous descendons rapidement l'escalier. Le sol du salon est jonché d'éclats de verre, une forte odeur de brûlé nous prend à la gorge. Nous courrons vers la cuisine, l'endroit semble préservé. Une fois mon épouse et les enfants à l'abri, les jambes flageolantes, je reviens vers le salon.

Stupeur ! Entre deux poutres, il y a un trou au plafond par lequel j'aperçois toujours les trainées rouges dans le ciel. Le projectile a traversé la maison de haut en bas ! Au point d'impact, le carrelage a été pulvérisé et il a y plein de débris noircis. Inquiet, j'entends encore quelques chocs sur la toiture et sur les pavés de la cour, puis plus rien. Le bombardement semble cesser, j'en profite pour ouvrir prudemment la porte sur rue et perçois alors les hurlements de voisins qui appellent au secours et qui crient « au feu ». Il faut réagir immédiatement pour ce qui est des incendies et des blessés aux visages couverts de sang. L'appentis de notre voisin brûle. J'invoque l'esprit de mes ancêtres pour qu'il ne communique pas le feu à notre maison, dont une bonne partie de la structure est en bois.

Très rapidement se pose la question cruciale : comment se préparer à l'invasion qui ne manquera pas de se produire dans les heures qui suivent ce bombardement ? Trop tard pour fuir, par contre il faut à présent anticiper une fouille de la maison. J'ai hérité de toutes les archives et d'une partie des œuvres d'art que mon arrière-grand-père avait réussi à emporter avec lui en fuyant le continent. Les tableaux accrochés aux murs sont tous très visibles ! Dois-je les détruire sur le champ faute de pouvoir les mettre à l'abri ? Dans l'immédiat, avec fébrilité et désespoir, je dépose toutes les archives ainsi que d'autres documents compromettants sur les braises encore rouges de l'appentis du voisin. J'espère ainsi mettre ma proche famille à l'abri.

Alors que je termine d'effacer toutes les traces des archives de mon aïeul, venant de l'ouest du ciel une boule de feu, accompagnée d'une vive lumière blanche se déplace à grande vitesse puis explose. Des fragments rougeoyants poursuivent leurs trajets en direction de Changhua, la grande ville voisine. Environ une minute plus tard, le bruit sourd et violent de l'explosion nous parvient. Le rougeoiement des incendies sur l'horizon m'impressionne, le dépôt pétrolier est en feu. Simultanément, depuis l'ouest, d'autres trainées ferrugineuses zèbrent le ciel. À ce moment précis, la beauté du ciel me frappe : des milliards d'étoiles et la voie lactée.

La radio que je viens de capter, annonce qu'il s'agit d'une pluie exceptionnellement intense de météorites, dont quelques bolides. Le phénomène s'est abattu sur le district de Changhua. Face à l'ampleur des dégâts et du nombre important de blessés les autorités annoncent l'envoi de l'armée pour suppléer les secours locaux. La colère du ciel s'étant calmée, mon épouse tente sans succès de recoucher les enfants. Quant à moi, je constate l'ampleur du désastre. L'amertume me saisit, je regrette d'avoir paniqué et détruit les archives familiales d'une grande valeur historique et sentimentale. Heureusement, les tableaux et les statuettes sont toujours là.

Vers midi, je suis surpris par une folle agitation : des ronronnements de moteurs, des bruits de bottes et des annonces diffusées par haut-parleurs : "Nous venons vous apporter notre aide, restez calmes, demeurez chez-vous". Les secours seraient-ils déjà à pied d'œuvre ? Je suis toutefois surpris par le choix des mots employés et par la façon de les prononcer. Je regarde par la fenêtre.

Je suis encore beaucoup plus surpris, quand je constate que les uniformes des soldats et les emblèmes sur leurs véhicules ne sont pas ceux de notre armée. La couleur rouge y est même très présente !

L'ALLIANCE DU BIEN ET DU MÂLE

Bernard Conseil

Aujourd'hui mon maître d'école est absent, c'est moi qui vais accompagner Niu pour travailler à la rizière. Au moins ma petite sœur Peiyin pourra aller à l'école et améliorer sa calligraphie. Habituellement, c'est elle qui l'accompagne, au grand désarroi de son institutrice. Elle n'a pas la chance de sa cousine qui habite en ville et peut aller à l'école tous les jours, comme notre tante a pu le faire enfant. Maintenant, Tata travaille dans un centre de recherches sur la transmission des maladies tropicales.

J'ai suivi Niu toute la matinée, les pieds dans la terre noire et très fine, une sorte de vase. Elle noircit les chaussures et les chevilles. C'est bientôt midi, nous nous arrêtons, chacun s'installe pour le repas. Moi des nouilles sautées avec quelques bouts de poulet, Niu avec son menu végétarien, il est à l'aise dans son assiette. Nous ne sommes pas les seuls à déjeuner. Au bout de la rizière, c'est l'école. Une fois le repas pris, les élèves se ruent dans la cour de récréation. Ce sont des rires, des cris, un brouhaha, un tumulte qui cessent brutalement sur un strident coup de sifflet. Puis le silence s'installe sur toute la campagne, un léger souffle d'air est à peine perceptible.

J'en profite pour m'allonger sur le talus herbeux, une courte halte dans ma journée. Soudain une vibration aigüe insupportable due à un rapide battement d'aile (quatre à six cents par seconde au dire de ma tante) me transperce les oreilles. Ce bruit lancinant et agaçant m'arrache à mon repos. Cette affreuse femelle vient de se faire féconder par un mâle et cherche du sang frais pour nourrir ses œufs. Elle sillonne l'air en de multiples arabesques. Elle voudrait se servir de mon sang, à l'occasion m'infliger une douloureuse piqûre et peut-être m'inoculer une grave maladie. Et tout cela probablement en pure perte, si j'en crois ma tante, la scientifique de la famille.

Pour éradiquer les maladies transmises par ces minuscules bestioles, la communauté relâche des millions de mâles rendus stériles par irradiation et l'emploi d'une certaine bactérie. C'est un peu ceinture et bretelles, cette façon de contourner la difficulté. Il s'agit pourtant d'un équilibre délicat. Le mâle rendu infertile doit rester suffisamment vaillant pour accourir dès qu'il perçoit cette douce vibration, ce chant d'amour mélodieux, qui lui ouvre la voie de l'extase. Il lui faudra aussi satisfaire la femelle.

Pendant ce temps, moi je dois me relever de ma très courte pause, rageant de n'avoir pas pu profiter du seul instant d'un vrai silence bienfaiteur. J'aurais dû partir avec la moustiquaire que ma grand-mère nous a confectionnée pour nos travaux dans les champs.

Elle a connu les temps anciens où beaucoup de chinois mourraient du paludisme. Depuis, la Chine est parvenue à éradiquer la maladie après 70 ans de lutte, c'est ce qu'a récemment annoncé l'Organisation mondiale de la santé (OMS). Le pays, qui recensait 30 millions de cas par an dans les années 1940, n'a pas signalé un seul cas indigène au cours des quatre dernières années. Mais pour le reste du monde, arrivera-t-on un jour à purger la planète de ce fléau ?

Quant à mon brave compagnon Niu, il s'est lourdement assoupi et ne semble pas avoir été gêné. C'est vrai qu'il a un cuir solide. C'est surtout qu'il utilise sa queue pour éloigner toutes ces intruses.

Maintenant nous reprenons le labour, lui devant tirant le soc, moi derrière le guidant.

Imprimé en Allemagne
août 2022